怕痛的我，把防禦力點滿就對了 3

夕蜜柑

［插畫］狐印

All points are divided to VIT. Because a painful one isn't liked.

梅普露

Maple's STATUS

Lv29

HP 1300/1300

MP 22/22

[STR 0] [VIT 1080]

[AGI 0] [DEX 0]

[INT 0]

Welcome to "NewWorld Online".

Kadokawa Fantastic Novels

舊神的力量，如今寄託於梅普露身上。
披覆其全身的，
是宛如摘自夜空的各式黑色武裝——！
在幻夢墳場

「全武裝啟動──開始攻擊！」

「謝謝梅普露！我們升了好多級喔！」
「我們一定會幫上忙的！」
一身可愛衣裳，
手上卻舉著彷彿破壞力凝結成塊的巨鎚，
實在很詭異。
在【大楓樹】公會基地前

SKILL Tenderness Devotion / Fortress / Absolute protection / Indomitable Guardian / Psychokinesis / Hydra eater / Bomb eater / Giant killing / Devilish / Meditation / Taunt / Parrying / Encouragement / Shield Attack / Body handling / Knowledge of the shield IV / Cover Move I / Cover / HP Enhancement small / MP Enhancement small /

Maple's STATUS

Lv29 HP 1300/1300 MP 22/22

[STR 0] [VIT 1080]

[AGI 0] [DEX 0] [INT 0]

怕痛的我，把防禦力點滿就對了

夕蜜柑

[插畫] 狐印

3

Welcome to "NewWorld Online".

Kadokawa Fantastic Novels

CONTENTS

All points are divided to VIT.
Because
a painful one isn't liked.

0850 1048 4070 7603

NewWorld Online STATUS

NAME 梅普露 maple

Lv 29

HP 200/200 MP 22/22

STATUS

STR 000 VIT 321 AGI 000 DEX 000 INT 000

EQUIPMENT

新月 skill 毒龍 | 闇夜倒影 skill 暴食 | 黑薔薇甲

感情的橋樑 | 強韌戒指 | 生命戒指

SKILL

盾擊 步法 格擋 冥想 嘲諷 鼓舞 低階HP強化 低階MP強化

塔盾熟練Ⅳ 衝鋒掩護Ⅰ 掩護 絕對防禦 殘虐無道 以小搏大 毒龍吞噬者

炸彈吞噬者 不屈衛士 念力 要塞

6892 1179 0606 0847

NewWorld Online STATUS

NAME 莎莉 sally

Lv 24

HP 32/32 MP 80/80

STATUS

STR 055 VIT 000 AGI 153 DEX 045 INT 050

EQUIPMENT

深海匕首 | 水底匕首

水面圍巾 skill 幻影 | 大海風衣 skill 大海

大海衣褲 | 黑色長靴 | 感情的橋樑

SKILL

劈斬 二連斬 疾風斬 破防 鼓舞 倒地追擊

猛力攻擊 替位攻擊 火球術 水球術 風刃術

颶刃術 沙刃術 闇球術 水牆術

風牆術 提振術 低階MP減免 治療術 異常狀態攻擊Ⅲ 低階肌力強化

低階連擊強化 體術Ⅴ 低階MP強化 魔法熟練Ⅱ 低階MP恢復速度強化 低階抗毒

低階採集速度強化 匕首熟練Ⅱ 火魔法Ⅰ 水魔法Ⅱ 風魔法Ⅲ 土魔法Ⅰ

闇魔法Ⅰ 光魔法Ⅱ 快速連刺Ⅱ 斷絕氣息Ⅱ 偵測敵人Ⅱ 躡步Ⅰ 跳躍Ⅲ

釣魚 游泳Ⅹ 潛水Ⅹ 烹飪Ⅰ 古代之海 追刃 超加速 博而不精

序章　防禦特化與大出糗

楓受理沙之邀開始玩「NewWorld Online」，全點ＶＩＴ而獲得壓倒性防禦力後在第一次官方活動奪得佳績，使玩家記住「梅普露」這名字，成為矚目焦點。到了第二次活動，她在理沙的角色「莎莉」協助下活用其防禦力，達成蒐集十枚銀幣的目標，獲得兩項強力技能。

第二天早上。

楓從床上昏沉地坐起。

「沒什麼睡到……」

睽違體感七天的床讓她躺得很不習慣，睡不太著。

她揉揉惺忪的眼下床，慢吞吞地穿好衣服，走向學校。

「今天好熱喔……」

楓加快腳步到不至於流汗的程度，在通學路上邁進。

進教室時，理沙已經到了。

兩人平常都很早到校，教室裡沒有其他人在。

「早安呀，楓。」

「理沙早安！」

楓將東西放上自己座位就到理沙身邊去。

「感覺已經好久沒來學校了耶～！」

「真的。也難怪啦，我們在遊戲裡待七天了嘛……對了對了，今天妳最好小心一點喔？」

「咦？怎、怎麼了？」

說要小心，但楓不知道該小心什麼。

「在遊戲裡面不是要時時戒備怪物和玩家嗎？妳可能會把那邊的習慣帶出來喔。」

理沙的意思是，她們可能一不小心就表現出扮演梅普露或莎莉時的舉動。

「可是我們都玩了這麼久，之前都沒有過啊？」

「總之就是小心一點啦？妳以前沒有連續上線七天的經驗吧？」

「是沒錯……嗯，好吧！我小心一點！」

聊著聊著，開始有其他學生進教室來。

楓聊到上課鈴響前五分鐘就返回自己座位。

當天放學後。

楓搖搖晃晃地走進閨房，臉埋進枕頭大叫。

「……讓我把今天的事都忘掉吧啊啊啊啊啊！」

她開始回想這一整天的經過。

第一節課。

「……嘶……嘶……」

昨晚沒睡好的楓今天很難得地上課打瞌睡。

坐在離窗近、日照佳的環境，很快就引來了瞌睡蟲。

而難得打瞌睡的人睡著了，老師自然會叫人。

像理沙就已經不會有人叫了。

鄰座同學應老師要求，將楓戳醒。

「嗯……嗯？……呼啊……要換班啦？……咦？」

楓不僅大伸懶腰，還說得很大聲。

讓全班都暴動了。

楓這才想到自己人在哪裡，但為時已晚。

女學生看見楓突然在她面前擺姿勢，嚇得愣住。

楓慢慢收回她的手，擠出笑容打哈哈，快步逃離現場。

到這一刻，楓的精神已經是千瘡百孔。

當著眾人的面出那麼大的糗，任誰都會意志消沉。

楓不斷警告自己，絕對不能再出糗了。

但所謂有二就有三。

愈是不希望的事，就愈是有可能發生。

下午第一節是體育課。

在體育館打躲避球。

楓和理沙分到同一隊。

在這一刻，楓就確定自己這一隊不會被剃光頭了。

不管對方再怎麼拚，球就是打不中理沙。

對方卯起來衝著理沙丟，但打不中就是打不中。

球可以輕鬆閃，不像遊戲裡閃躲攻擊那樣要將保險範圍壓到最低。

「她還是好厲害喔……」

倘若楓能在這時把視線從理沙身上移開，或許就不會出今天最大的糗了。

「……楓！」

原本專挑理沙打的球突然改變目標，打中人的機率因此驟升。

而這一球的目標不是別人，正是楓。

楓都在看理沙，反應不及。

聽見理沙的叫聲而轉頭看球時，球已經直往她飛了。

若是以前的她，肯定是蹲下或往旁邊跳。

但這一陣子，楓見到東西飛過來的閃避方法並不是那麼回事。

「【衝鋒掩——啊！」

儘管她中途發現而用雙手摀住嘴巴，可是那樣躲不了也接不住球。

現在也沒有打頭不算的規矩。

「楓！沒事吧！」

「我沒事……」

除了同學在討論她剛在叫什麼之外，楓沒有任何問題。

場上女生除了理沙以外，沒有一個玩過「NewWorld Online」，都不曉得楓在說什麼，算是不幸中的大幸。

「我休息一下……」

「妳就去吧。」

楓背倚著牆，頭低低垂下來。

以上就是楓今天出的糗。

「……暫時不要玩好了。」

於是為安全起見，楓這三天一次也沒上線。

不曉得是勒戒生效，還是她決心使然。

三天後，楓再也沒出過糗了。

第一章　防禦特化與新功能

梅普露三天後終於上線，在廣場等待莎莉。廣場不曉得在熱鬧什麼，人只比活動前少幾成。梅普露就這麼看著這稍微異於以往的景象消磨時間。

等了一會兒後，莎莉來了。

「抱歉，等很久了嗎？」

「沒有，不會很久。今天要去哪裡？」

「嗯……我想想。妳對這三天發生的事知道多少？」

「咦？完全不知道耶，我根本沒碰遊戲。」

梅普露不曉得遊戲在這三天發生過什麼變化。

她不只是沒上線，還完全不碰關於遊戲的任何訊息。

「那我一個個跟妳說喔。」

「嗯，麻煩啦。」

「第一個呢，是塔盾多了一個技能，可以擋穿透攻擊喔。」

「喔喔！」

對梅普露來說真是個好消息。
莎莉說，官方也一併公布了取得方法。
內容梅普露晚點會自己看，莎莉便繼續說下去。
「接下來這個很重要……在妳閉關的時候，遊戲開了一個活動……應該說，加了一個新東西。」
「新東西？」
「場地裡會隨機產生一種叫【光蟲】的金色昆蟲。」
莎莉說，場地裡會出現各式各樣的金色昆蟲，打掉以後一定會掉【光蟲之證】。
「那個證可以用來做什麼？」
「用來買新開的【公會基地】。」
「公會……基地？」
「這個城鎮裡不是有很多進不去的房子嗎？」
「嗯。」
梅普露左右看看就找到好幾個。
這個廣大的城鎮裡，幾乎是由無法進入的屋宅所構成。
除了NPC店鋪和玩家跟NPC租的鐵鋪等工坊以外，全都是這種建築。
「有一個證就能買一座基地。蟲的種類不同，【公會基地】的等級也不一樣。玩家可以在每階地區都設一個基地來當作自己的據點。」

「嗯嗯嗯，了解。」

擁有【公會基地】的好處，是可以利用【公會基地】的專屬道具強化各項屬性。說明這點之後，莎莉繼續談的是【光蟲】的數量。

「【光蟲】目前數量有限……跟建築物的數量一樣多。」

「咦！」

「官方好像是打算之後慢慢增加建築物的數量。」

不過目前【光蟲】的數量並不會因此增加。

也就是說，梅普露晚了三天。

「那、那我們趕快去找吧！」

梅普露實在很想看看【公會基地】長什麼樣。

這波拿不到證，下次不知道是什麼時候。

不是待在廣場閒聊的時候了。

「梅普露。」

「怎、怎樣？」

莎莉迅速操作藍色面板，從道具欄取出道具。

「已經打到了啦。我就知道妳想要。」

「喔……喔喔喔！謝謝！」

「不過……有這個只是得到購買【公會基地】的權利而已，最後還是要用錢去買。」

沒有【公會基地】還是能創立公會，只是這樣就得不到屬性強化了。

「那要多少錢啊？」

「我打到的蟲只能買最低等……要五百萬金幣。」

「五……！咦？」

梅普露聽到金額比她請伊茲打造「白雪」時高出一大截，驚訝得瞪大眼睛查看錢包。

她只賺過打造「白雪」所需的經費。

而且每天都會用到幾罐藥水，身上金幣只有五萬出頭。

「那……今天我們就來賺錢吧！我想趕快買下【公會基地】！」

梅普露說了就想往城外走。

「梅普露。」

「怎、怎樣？」

莎莉叫出屬性畫面走近梅普露。

然後用手指戳戳某個角落，要梅普露看。

莎莉的金錢欄位上，顯示著一個五和六個零。

「我錢也都幫妳準備好了啦～」

「好、好強喔！莎莉好強！」

「呵呵呵……儘管崇拜我吧～」

見到梅普露這麼開心，莎莉也笑得好得意。

她賺這麼多錢靠的不是取巧，就只是在這三天全力收集怪物的掉落物，再不斷拿去賣而已。

受盡梅普露稱讚後，莎莉喜孜孜地說要帶梅普露去看新家，她自然是用力點頭贊成。

梅普露跟在帶路的莎莉背後走，並說：

「錢我再還妳喔？」

「嗯……沒關係啦。沒那種必要，而且要給我東西的話，不如就給我合用的裝備吧？」

「……嗯！知道了，我找找看！」

「不用急，慢慢來喔。」

莎莉走到接近城鎮邊緣才停下腳步。

這裡是離中央廣場和NPC商店很遠，較為不便的地區。

「在這附近吧。」

「走了好遠喔。」

「如果能打到更高等的證，就能買靠近中央又很大的【公會基地】了。」

「有就很好了啦！」

梅普露並不在意【公會基地】的大小。

以她的個性和想法來說，這是很正常的事。

走著走著，梅普露發現一扇【公會基地】的門，門上沒有莎莉在路上所說的，顯示已受其他公會登用的徽記。

「這裡……好像不錯耶。」

地點位在不見人蹤的通道深處。走下一小段石階之後，有扇略經裝飾的小木門。

這座不起眼但不至於找不到的【公會基地】很有祕密基地的感覺，恰到好處。

「真的是梅普露會喜歡的地方耶。」

「可以選這裡嗎？」

「嗯，沒問題呀。」

「那就它嘍？」

「ＯＫ～！」

確定過梅普露的意思後，莎莉取出【光蟲之證】，貼上門板。

小巷頓時被白光填滿，門上浮現發光的徽記，緩緩開啟。

兩人接連踏入【公會基地】中。

「喔……滿大的嘛。」

大致看一輪，發現裝潢是以色調穩重的木製家具為中心。

底部牆上鑲了塊藍色面板，在這裡輸入會員資訊就完成入會。

最後，莎莉將會長職位讓給了梅普露。

「不過這還是【公會基地】裡最小的喔，然後會員……上限是五十個。」

「雖然有二樓啦……真的能容納那麼多人嗎？」

「這個嘛……接近上限的時候可能會有點擠……總之我們先邀人吧？不快一點的話會被別人拉走喔？」

梅普露在莎莉如此建議後思考片刻，最後有結論似的點了頭。

「……找霞跟小奏進來吧！」

霞是在第二次活動中，和她們合力逃出沙漠地底洞穴，還碰巧共度最後一天，變得很親密。奏則是在活動中和梅普露在海邊大玩黑白棋，覺得很投緣。

「我就知道妳會這樣講，就找他們吧。」

梅普露發私訊詢問，幾分鐘後接到答覆。

所幸兩人都仍未加入公會。

也都乾脆地答應了梅普露的邀請。

「好耶！莎莉～！我去廣場一下！」

「嗯，慢走喔！」

梅普露興高采烈推開門衝出去。

到了廣場。

兩人都坐在中央的噴水池邊，見到梅普露而走來。

等兩人互相自我介紹後，梅普露說：

「謝謝你們加我的公會！我好高興喔！」

「妳還記得要找我，我也很高興喔。」

「嗯，不好意思。」

兩人各自道謝，準備跟梅普露走。

這時——

「嗯？那不是……」

梅普露盯著對方看，對方也注意到她而走來。

「喔，好久不見啦。」

「克羅姆大哥！好久不見！」

那個人就是克羅姆。

克羅姆在梅普露剛接觸這遊戲時，替她介紹鐵匠伊茲而成為朋友，是在第一次活動也留下好成績的塔盾玩家。見到遊戲裡為數稀少的朋友，梅普露笑著打招呼。

自雪山那一面以來，兩人就沒見過了。

「活動打得怎麼樣？妳們是在我們後面進雪山那個嘛？」

「那個」指的當然是怪鳥的巢。

「那真的超強的～！好不容易才打贏。」

克羅姆雖也覺得打倒怪鳥的人就是她們，聽她親口承認還是免不了為之驚嘆。

驚嘆她竟然能打倒「那種東西」。克羅姆的隊伍也挑戰過，但轉眼就慘遭滅團。這讓他再次感受到梅普露的強大。

「這麼強的話，想進哪個公會都沒問題吧……還是要看條件就是了……」

「公會……對了！克羅姆大哥，要不要加入我的公會呀？如果你還沒有別的打算的話。」

克羅姆在第二次活動中和其他人組隊，所以梅普露覺得沒機會了而沒有私訊他。

不過既然都遇到了，就姑且問問看再說。

「可以嗎？妳願意的話，我當然好哇……」

克羅姆說，當時的隊伍是為了打活動而組的。

現在是自由之身。

於是梅普露就這麼帶上克羅姆，四人一起前往【公會基地】。

「我回來了～！」

「回來啦。咦？克羅姆也找來啦？」

「剛好碰到就邀了！」

「那就全部加進來嘍。」

新來的三人一一在房間底部的藍色面板輸入資料，結束之後梅普露說：

「呃……那我重新自我介紹喔。我是會長梅普露，對防禦力和毒系攻擊特別有信心！請大家多多指教！」

梅普露深深一鞠躬。公會成員各有各的擅長領域，莎莉是閃躲，克羅姆是用盾技術強，霞是近身攻擊，奏是遠距離魔法，相當均衡。

「再來……要決定公會名稱了。」

「梅普露妳決定吧，會長是妳嘛。」

「我也覺得妳來決定比較好。」

「是啊，我贊成。」

聽四人這麼說之後，梅普露開始思考。

一會兒後，往面板輸入名稱。

【大楓樹】

梅普露所命名的公會人數雖少，依然是玩得有聲有色。

甚至到人稱「妖獸魔境」或「魔界」的地步，不過那是後話了。

◆□◆□◆□◆□◆

梅普露將第二次活動中獲得的小寵物糖漿【巨大化】並浮上空中，坐到牠背上在野外到處飛。

沒辦法，畢竟這樣比走路快多了。

「小奏！今天看你的嘍！」

「包在我身上！」

奏跟來是為了蒐集材料。

公會成立次日，伊茲也加入了。她是替梅普露打造塔盾【白雪】的工匠玩家，有高超的生產能力。邀她加入公會，她立刻就爽快答應。

今天的任務是幫【公會基地】內的工坊堆滿材料，於是兩人前往礦山。莎莉、克羅姆和霞三個則是去其他地方收集木材及布料等怪物掉落物。

伊茲將所有能力都投注在製造能力上，戰鬥完全不行。

攻擊技能少，想戰鬥也很困難。

相對地，製造技能特別高。

武器、布製品、飾品、家具。

只要是能製造的，什麼都做得出來。

「我來保護你，【挖掘】交給你嘍。」

「這次【神界書庫】派上用場了呢，難得抽到【挖掘V】。」

【神界書庫】（Akashic Records）

從工匠技能、戰鬥技能與其他技能中各隨機獲得三種技能，合計九種。

技能等級固定為中階或V。

> 因此獲得的技能將在一天後消失。
> 不會抽中玩家已有的技能。

由於奏使用【神界書庫】而碰巧抽到【挖掘Ｖ】，所以挖礦非今天莫屬，便與梅普露一起上山。

要用鶴嘴鋤大挖特挖。

「礦山有魔像趴趴走嘛，我會幫你顧好的！」

「我只會用法杖，拿其他武器的技能沒意義，能不能戰鬥完全靠運氣呢。」

等奏的等級提升到不用【神界書庫】也能戰鬥時，才能突顯這個技能真正的價值。

它將是構思新戰術的關鍵。

奏每天都能使用不同技能。

也就是每天都能更換致勝招式，在ＰＶＰ上可以發揮奇效。讓對手猜不到你有什麼招，堪稱是相當大的優勢。

「看到了！」

「好！下去嘍！」

途中不時有些玩家以為他們是稀有怪而射出魔法或箭矢，每次梅普露都會空降到他們面前善意提醒，才沒有釀成意外。

至於玩家停止攻擊是因為提醒有效還是被突然掉下來的梅普露嚇傻，就不得而知了。

「我們要到深一點的地方挖，不要離我太遠喔。」

「知道了！」

兩人在山洞中不斷前進。

雖沒有蝸牛洞那樣漂亮的水晶，但到處都有露出地面的礦堆。奏舉起鶴嘴鋤，見一個挖一個。

「全部挖光光！」

「嗯，挖光光！」

糖漿已經回到戒指裡，梅普露要保護的對象只有奏一個。

魔像不至於用上塔盾或毒龍等劇毒攻擊，用弱毒就能打倒。

掉落道具也一個不漏地收進包包裡。

這座礦山出產各式各樣的礦石，不過稀有礦還是很稀有。

「鐵礦、灰結晶、石塊……」

奏的鶴嘴鋤鏗鏗鏗地敲。

每次都會敲出礦石，然而沒有值得一提的收穫。

兩人經過一條又一條岔路，將最深處的礦點也挖得一乾二淨。

「沒關係啦……重量不重質。」

梅普露這麼說。

「呃……這樣不好吧……」

奏實在是無法贊同。

礦石這種東西，當然是重質不重量。

「啊，要怎麼走回去？……隨便繞就出得去嗎？」

「路我全都記得，不用擔心。」

「喔～！厲害喔。那……麻煩你帶路啦。」

奏毫不遲疑地在布滿岔路的山洞裡前進，兩人一次也沒走錯就出來了。

另一方面，莎莉幾個在森林裡。

這邊是以打怪撿掉落物為主。

「莎莉也好猛喔……」

克羅姆喃喃地說。

莎莉在克羅姆眼前身輕如燕地閃躲攻擊。長得像樹的怪物從腳底伸出根鬚攻擊莎莉，還有狼形怪物往她迅速飛撲。

克羅姆平安結束戰鬥後，三人踏上歸途。

「我……在這個公會裡也會慢慢變得不普通嗎？」

「我搞不好可以喔。」

「可能會慢慢被梅普露傳染喔。」

值不值得高興還很難說。

等大夥帶材料回去之後，就是伊茲表演的時候了。

兩隊人馬在城外會合，一起進城。

好一個招搖的五人組。

別說梅普露，克羅姆和霞也是第一次活動的前十名，再加上裝備華麗，十分醒目。

還有幾個人看到莎莉就下意識握住武器。

奏喀喀喀地飛快轉動等於是法杖的魔術方塊，拼好又打散來殺時間。

有人跟著他們往城邊緣走，也是沒辦法的事。

第二章　防禦特化與任務

蒐集材料的第二天，梅普露在第二階地區的城鎮中獨自閒晃。

今天和其他會員時間對不上，所以單獨行動。

剛上第二階就遇到第二次活動，讓她沒機會好好探索新城鎮，所以就趁今天沒得組隊時盡可能逛一逛。

「硬要別人陪我也不好嘛。」

再說，梅普露偶爾也想一個人悠悠哉哉地探索這世界。

首要目標是尋找莎莉能穿的裝備。

順便尋找可以強化自己的技能或裝備。由於梅普露現在還沒有頭部裝備，這便是她的目標。

每發現一個ＮＰＣ，梅普露就上去交談。

但是，有些事件不是她的屬性能夠觸發。

例如以【ＶＩＴ】以外屬性為條件的事件。

像莎莉的【超加速】就是一例。若是梅普露和該位ＮＰＣ交談，並不會觸發事件。

她的極端點法，讓她不知不覺錯過了幾個一般塔盾玩家會做的任務。

「到邊邊去看看好了。」

愈遠離中央，人影就愈少。

路上樓房大多是【公會基地】，無法進入。

在巷子裡繞了繞之後，是找到了幾間能進的房子，但都是空屋。

「喔！這邊也能進去！」

梅普露喀恰一聲開門。

門後只有一個房間，有個婦人正替躺在破床上的少女看護，大概是她的母親。屋裡還有一張小桌和兩張椅子，餐具櫃裡只有最低限度的餐具，生活怎麼看都很不好過。臥床的少女還不時痛苦地咳嗽。

「哎呀，有客人？不好意思喔。」

「啊，不會。」

「還好嗎？……對不起喔，很難過吧？」

這樣的狀況讓梅普露怎麼也待不下去，想悄悄離開，結果婦人哄完了小孩，轉向梅普露說：

「那個……請問您是騎士大人嗎？」

「咦？嗯……這、這要怎麼辦啊？」

比起魔法師或劍士，梅普露的裝備的確是比較像騎士。

「騎士大人！求求您！救救我女兒吧！雖然我沒有東西能夠報答您，可是……我還是只能求您了！拜託……拜託！」

梅普露面前浮現藍色面板，她跟著閱讀上面的文字。

任務【博愛騎士】

這行字底下有Ｙｅｓ和Ｎｏ兩個選項。

梅普露按下Ｙｅｓ。

人家這樣求救，她根本按不下Ｎｏ。

沒有報酬也無所謂。

「謝、謝謝您！我女兒需要吃藥……可是藥草在我一個人採不到的地方……所以請帶我過去吧，我會幫您指路的！」

「……知道了！我一定會保護妳！」

梅普露挺起胸膛這麼說之後，婦人來到她身邊。

婦人的頭上跟著浮現血條。要是沒顧好，恐怕會發生無法挽回的事。

接著藍色面板再度出現，顯示任務的詳細說明。

梅普露仔細地讀，以免誤解達成條件。

達成條件是護送婦人抵達目的地，沒有時間限制。

「總之先出城對吧？」

當梅普露來到城外，婦人開口說話了。

「我們要去【生命之樹】那裡，請從這裡往東直走。」

「知道了！」

梅普露從戒指叫出糖漿並使牠【巨大化】，像平常那樣登上牠的背。這樣比走路還快，所以梅普露大多是騎糖漿到處飛。

婦人是設定成待在梅普露周圍半徑兩公尺的圓形範圍內，於是當梅普露坐上龜殼，她也踩著龜腿跟上去了。

「其實妳很強吧？比我還有力……是嗎？」

「目標在東方。」

「啊，好……【念力】！」

梅普露照樣讓糖漿浮上天空，飄向東方。

◆□◆□◆□◆□◆

「看到森林了對不對？入口從那裡進去。」

「不能直接飛過去嗎？」

梅普露在森林前方下龜，摸摸糖漿送牠回戒指。

「下次再請你幫我喔。」

承諾遇到麻煩再請牠出馬以後，梅普露查看周圍。

「來，我們快走！」

「嗯！這條路……對吧？」

眼前有條小徑。

婦人的手也往那裡指，應該沒錯。

梅普露就此沿小徑不斷前進。

婦人在【掩護】範圍內，要保護她並不難。

原本在來到森林的路上也會有幾場戰鬥，但全被擁有特殊交通方式的梅普露跳掉了。當然，那就是糖漿。

「【麻痺尖嘯】！」

梅普露的攻擊不會影響到婦人，所以即使遭到包圍也不慌不忙，直接使用這個技能就好。

「現在還不需要打死吧。」

只是梅普露和一般玩家不同，走得很慢。

遇襲次數便因而增加。

隨婦人到達森林中央時，【暴食】已經用完了。

「呃……換水晶盾吧。」

梅普露裝上來自第二次活動，由閃亮紫色水晶構成的塔盾【紫晶塊】，繼續跟婦人走。梅普露猜想，這面塔盾製造的結晶護壁【水晶牆】，說不定能保護這個婦人。

「在那邊，那就是【生命之樹】！」

婦人所奔向的樹，只比其他粗了一半。

「跟我想的不太一樣耶……」

梅普露想像的是散發神祕光輝的巨木。

在一旁把了一會兒風之後，婦人轉過頭來跟她說：

「這種葉子對那個病很有效。」

婦人從樹枝摘下幾片葉子給梅普露看。

「咦……這樣啊。我也可以拿嗎？」

梅普露動手想摘，但遭到看不見的牆阻隔。
看來那是玩家無法取得的事件限定道具。
「我好了。」
「好，回去吧！回去也看我的！」
梅普露叫出糖漿後，先讓牠升空再【巨大化】。
這是因為森林裡空間不夠。
「糖漿～！麻煩啦～！」
若要像平常那樣叼梅普露上去，位置稍微高了點。
尋思片刻，梅普露想到了好辦法。
不是爬樹，更不是跳起來。
「【水晶牆】！」
隨梅普露一喊，腳下猛然隆起一大塊紫色水晶，將她高高彈起。
當然，這不是本來的用法。
「糖漿～！」
糖漿馬上從頭叼住梅普露的上半身。
旁人見到了，一定會很錯愕吧。
怎麼看都是遭到飛天烏龜獵食。

糖漿往上一拋，讓梅普露落在她的固定位置。

「啊……那個人怎麼辦……？」

梅普露往下看NPC時，赫然見到她從樹上跳起來，攀住龜腿。

「咦咦咦咦咦？」

「我們走吧，女兒在等我呢。」

「好、好的。」

梅普露驅策糖漿飛越天空。

並喃喃說出心裡的話。

「她一個人也一定來得了……」

在梅普露看來，婦人有那樣的身手，摘不到那些葉子才怪呢。

飛出森林範圍時——

「呼……呼……謝謝您保護我，不然在那種情況下，我一定會沒命……」

「咦？妳、妳突然說那什麼東西！」

梅普露什麼也沒做，就只是在天上飛。

不，飛行本身就很異常了。

原本應該是會在回程遭遇強力怪物，把缺乏攻擊力的塔盾玩家打得七葷八素才對。

婦人說的話，就是度過難關後的對白。

因為梅普露用其他方式突破，所以才會這麼不自然。

「騎士大人……您心腸真好。」

「咦……呃……那個，對不起喔。」

梅普露突然覺得過意不去而道歉，但婦人沒有回答。

這讓她覺得很尷尬，用最快速度趕回城鎮。

「好！到了！」

梅普露在城門前跳下糖漿，將牠收回戒指。

下一站是婦人的家。

「謝謝您！我先趕回去了！」

婦人匆匆忙忙跑走。

快得梅普露追不上。

「……慢慢走吧。」

結局事件要等到梅普露抵達以後才會發生，不會自己先結束。不過，正常塔盾玩家的跑速應該跟得上。

走了一段時間，梅普露終於抵達婦人的家。

開門時，婦人正在餵少女吃藥，碗裡有濃濃的綠色液體。

看起來很苦，梅普露一點也不想喝。

少女也喝得眉頭深皺。

「……怎麼樣？」

「咳咳、咳咳……嗯……輕鬆一點了……咳咳、咳咳！」

「怎麼咳得這麼厲害……！啊啊！怎麼辦！」

婦人悲嘆道。

這時，梅普露面前浮現藍色面板。

任務【博愛騎士2】

觸發新任務了。

梅普露當然是接受。

「騎士大人！您還願意幫我嗎？」

「咦，嗯……我怎麼能見死不救呢。」

少女仍咳個不停，樣子看起來更糟了。

「那麼……請帶我去【驅魔之泉】吧！位置在城外西北方！」

「嗯，知道了。」

婦人又是話一說完就先一步往城外跑。

「嗯？……拿到技能了？」

【博愛騎士】

技能欄裡的確多了一個技能，但沒有說明效果。

就只有名稱而已。

「嗯？沒效果……因為事件還沒結束？」

那就更不能半途而廢了。梅普露往城外走去。

「在西北方！」

「ＯＫ～西北方是吧。」

梅普露理所當然地以飛天烏龜為交通手段，飛向西北。

她一出城就讓糖漿升空，目擊的玩家自然很多。大部分是非常驚訝，聽過傳聞的睜大了眼，已經認為梅普露就是那樣的人只是寄予溫暖的眼神。

再怎麼異常的事，接觸久了就會變成日常的一部分。

玩家都會想「啊，梅普露今天也飛過去了呢」的那一天，或許已經不遠了。

「不會只有2吧……一定會有3……」

梅普露嘟噥道。

這是因為她覺得2就結束太虎頭蛇尾。

任務內容和前一次大同小異，感覺不會這麼快結束。思考該怎麼避免戰鬥時，梅普露突然想起很重要的事。

「啊！【暴食】還沒恢復！」

然而梅普露現在是騎龜難下。

一旦開戰，說不定會很危險。

「嗯……敵人太強的話，也只好先回去了……」

要是害婦人死掉，一切就泡湯了。

於是梅普露決定先往婦人指示的方向飛，從空中搜索泉水的位置以後觀察狀況再說。

◆□◆□◆□◆□◆

梅普露在下方發現了泉水。

這次婦人什麼也沒說，她便直接飛到正上方。

地上有塊巨岩錯綜的地方，泉水就在其深處。

「先到附近看看吧。」

梅普露在泉水附近跳下糖漿收回戒指，和婦人一起上前查看。

泉水周圍似乎不會出怪，兩人平安抵達。在梅普露警戒是否有怪物出現時，婦人很快就汲好泉水，轉頭對她說：

「騎士大人！謝謝您！」

婦人的道謝讓梅普露的表情很尷尬。

「呃，其實我什麼都沒做啊……」

「我們快點回去吧！」

「啊，嗯。也對。」

梅普露回到降落地點，再度叫出糖漿升上空中。

「真、真的什麼事都沒有？」

結果梅普露一滴汗也沒流就回到城裡了。

婦人平安回城後照樣回家，拿水給少女喝。

梅普露在一旁看著她們的對話。

「感覺怎麼樣？」

「我、我還好……不用擔心……」

少女雖這麼說，臉色卻很難看，還微微發著抖。

看起來實在不太好。

猜想還有後續時，梅普露面前又出現任務面板。

任務【博愛騎士3】

「是吧，我就知道。」

梅普露料得沒錯，下一個任務來了。

她跟著查看技能【博愛騎士】，但仍舊是只有名稱。

梅普露照樣接下任務。

「騎士大人！謝謝您！」

「就讓我好人做到底吧！」

「我聽說一個離這裡很遠的大城附近，有一種戴上去就能療傷的戒指……很抱歉，我也只知道這麼多，能請您幫我找找看嗎？」

「很遠的……大城？該不會是第一階的城鎮吧？」

也就是梅普露剛開始進遊戲時的第一個城鎮。

說到大城，她只想得到那裡了。

「這樣的話……那個戒指該不會……」

梅普露從道具欄取出一枚戒指。

那是她獲得的第一個稀有道具「森林女王蜂之戒」。

「騎士大人！您已經替我找來啦！啊啊，我該怎麼報答您才好呢……」

「呃……真、真的就是這個嗎？」

梅普露將最近沒裝備過的戒指交給婦人。

雖然是稀有道具，但不是再也打不到。

況且梅普露現在的戒指十分堪用，便將它送給婦人了。

「我馬上幫她戴上去……」

婦人將梅普露送的戒指給女兒戴上。

同時梅普露收到任務完成的訊息，證明那的確是她要的戒指。

一戴上去，少女咳嗽的情況便逐漸緩解，臉色漸漸好轉，狀況好得梅普露也看得出來。

「這樣就沒事了吧？」

梅普露放心地喘一口氣。

然而不久之後，少女突然表情扭曲，顯得比之前還要痛苦，看得梅普露都擔心地上前去關心。

「唔、呃……啊……」

「……怎麼了？……很難受嗎？」

「唔……！」

痛苦得五官糾結的少女竟跳下了床，粗暴地開門衝了出去。

「等、等一下啊！」

婦人也跟上去。

被丟在屋裡的梅普露眼前出現新的任務訊息。

任務【博愛騎士4】

梅普露當然是選擇接受。

「總之……先出城！」

梅普露以最快速度趕往城外。

「找到了！」

一出城門，梅普露就見到婦人癱坐在地。

梅普露上前詢問狀況。

「嗚嗚……騎士大人……！我女兒她……」

「她跑去哪裡了？沒事吧？」

「她說要去【永闇神殿】……那裡很危險啊……！」

「……我去帶她回來！」

「我來帶路……！我不能丟下女兒不管……」

梅普露不曉得自己是否有餘力保護婦人，很想自己去，但似乎不能請她留下，只好帶她走了。

梅普露乘上糖漿，依婦人指示飛越泉水，往更西北方飛。

那裡有座坍塌得很嚴重的古老建築，肯定就是婦人說的【永闇神殿】，梅普露開始戒備。

掃視周圍並將糖漿收回戒指，進入神殿。

神殿內部構造很簡單，就只是有牆有蓋的一座大廳，少女就倒在最深處。

婦人趕上前去，少女身上卻噴出黑漆漆的霧氣。

霧氣逐漸聚成人形，就此凝固成沒有五官的巨爪怪物。怪物離開少女身邊，襲向婦人。

「【衝鋒掩護】！【掩護】！」

在第一次任務中，梅普露了解這兩招都對婦人有效。

她瞬間衝進雙方之間，以塔盾抵擋攻擊。

「……！我的【暴食】……！」

梅普露任務解得太快，都忘了【暴食】尚未恢復。

怪物見到攻擊受阻，立刻與她拉開距離。

「【毒龍】不能亂用，要想清楚……」

「咕嘰……嘎嘎嘎嘎。」

「……那是不好的東西吧。」

梅普露將沒有嘴也仍發出詭異叫聲的人形物體視為怪物。

「嘰嘰嘰……！」

「【掩護】！」

怪物飛撲的動作很單調，憑梅普露的技術也能穩穩擋下。

只是她攻擊手段很有限，現在又不能換裝備，必須審慎觀察時機。

因此，戰鬥當然拖得很長。

梅普露撐了一陣子之後，人形怪物忽然抱頭蹲下，大聲咆哮。

「咕嘎啊啊啊啊！啊啊啊啊！」

怪物沒有五官也沒有表情，但聽起來很痛苦。

手臂還改變形狀，爪子合而為一，尖得像槍一樣。

「！【掩護】！」

梅普露及時擋下了襲擊婦人的怪物，可是它的攻擊和外觀一樣，會穿透防禦力。

「呃……唔！」

憑梅普露的技術，不管是哪隻手的攻擊都無法以盾牌彈開。

但即使ＨＰ一截截地消減，她也不能停止【掩護】。

因為婦人顯然無法承受這樣的攻擊。

梅普露繼續正面抵擋怪物的連番攻勢，躲在盾牌後面咬牙苦撐。

「咕嘎啊啊啊啊！嘎嘎……咕嘎……」

「咦……？」

梅普露痛得眉頭緊皺，一股腦猛攻的怪物卻突然停止攻擊並遠遠退開。她趕緊取出藥水，小心戒備。

「咕嘰……咕咕……」

怪物又抱頭蹲地，形影漸漸模糊，直至消失不見。

「得、得救了……？」

梅普露的血條只剩兩成左右。她一直在找一擊逆轉的機會，但在那樣的狀況下，恐怕很危險。

「一定……是『驅魔聖水』生效了。」

獲救的婦人對梅普露說。

「那是……先前的泉水……？」

「我女兒……說不定是被惡魔附身了。」

如婦人所言，怪物沒受到梅普露攻擊就消失，是因為她順利完成【博愛騎士2】的緣故。

那個任務是一旦婦人或玩家死亡就算失敗，必須活著將泉水帶回去。

無論成功與否，任務都會往下一階段進行。

若送泉水任務沒有成功，塔盾玩家對上這個人形怪物將非常吃力。

「啊……任務完成了……」

在不知所措時收到完成通知，使梅普露一臉意外。

完成以後，沒有直接接到下一個任務。

技能也沒有變化。

「我去看女兒怎麼樣了！」

「啊，嗯。也對！」

梅普露和婦人跑到少女身邊，查看情況。

少女昏死過去，想搖醒也完全沒反應。

「總之……我先帶她回家。」

婦人背起少女，走出神殿。

同時，梅普露面前出現藍色面板。

您達成任務【博愛騎士5】與獎勵任務【獻身慈愛】的條件。

請選擇一項進行。

「嗯嗯？」

意想不到的情況讓梅普露歪起腦袋。

◆□◆□◆□◆□◆

梅普露完成任務時，官方人員正在進行日常業務。

突然間，有個監看記錄的人大叫：

「有人觸發【獻身慈愛】任務了！」

「喔，不錯喔。那要把母親受的傷壓得很低才會接到耶，是誰啊……」

男子說到這裡扶額皺眉，似乎想到了些什麼。

「對，就是梅普露……她……飛上天了。」

確認玩家身分的男子如此報告，讓聽報告的人長嘆一聲。

「……好吧，不意外。這也是沒辦法的事。還不用急，應該沒問題。」

「先處理第三階吧？」

「嗯，先處理天空的問題。被梅普露拿到【獻身慈愛】這種事，本來就不難猜！」

「就只是『要塞』變成『巨大要塞』而已嘛。」

「就是說啊！有什麼問題嗎？」

「報告，沒有問題！」

「是吧是吧。」

「是啊。」

「「哈哈哈……」」

兩人相視乾笑，笑得愈來愈小聲。

「事情大條啦！」

「就是啊！怎麼辦！」

如何處理已經眾所皆知的浮游要塞，讓他們頭大得不得了。

◆□◆□◆□◆□◆

梅普露選擇獎勵任務路線，離開神殿尋找婦人。

可是到處都找不到人。

「先回家了嗎……？」

在神殿周圍多繞一圈後，梅普露就騎糖漿回城了。

進了城門就直往婦人家走。

「……現在是怎樣咧？」

梅普露悄悄打開婦人家門。

少女似乎在睡覺。

先前的痛苦表情已不復見，相當祥和。

「騎士大人……我女兒她……她都不醒……」

婦人彷彿不敢相信眼前發生的事，聲音在顫抖。

梅普露靠近少女查看，發現她沒有呼吸。

「咦！……不、不會吧？奇怪？」

「我……我去買蘋果給女兒吃……她很喜歡吃蘋果……」

婦人說完就搖搖晃晃走出家門。

她一副無法接受現況的樣子，精神狀態似乎不太正常。

「咦……咦！任、任務繼續了沒錯吧？」

梅普露檢查現行任務後不久，發現少女全身散發淡淡的光輝。

於是站到少女身旁，仔細觀察究竟發生什麼事。

然後有一個發現。

「光……排成字了？」

少女所散發的黃色光輝，在空中形成文字。

「三天後……【破敗的教堂】？」

梅普露看過文字，少女發出的光慢慢消失。

「要到那裡去嗎……？可是，那是在哪啊……這座城裡面應該沒有那種教堂，所以在城外？這裡有圖書館……去那裡查查看好了？」

她就這麼與進門的婦人換班似的出去了。

梅普露照計畫來到圖書館。

「我看看……應該有地圖吧。」

要找的是有第二階地區地圖的書。顯示屬性等資訊的面板上也有地圖，但只有顯示概略地形、現在地點與部分有名稱的特殊區域而已，其中並沒有【破敗的教堂】。

找了幾本，都沒有介紹得那麼詳細。

頂多只是把地形標示得比較清楚。

「嗯……跟我想的不一樣……」

還有時間可以找，於是梅普露今天就到這裡，中止調查。

第二天。

梅普露結束調查，離開圖書館。

「結果在歷史類架上……都沒想到……」

梅普露在記述遊戲世界歷史的書中一角，發現一小段關於教堂的介紹。

「呃，從今天算還有兩天！好……不曉得會出什麼事，多買一點藥水好了。」

準備妥當之後，梅普露如期前往教堂。這次同樣是騎著糖漿飄呀飄地飛過去。

「有糖漿真好，這樣好輕鬆喔！」

她一邊誇獎糖漿，一邊往南方飛。

在廣布於南方的森林入口處落地，進入林中。

「沒人看守就簡單多了。」

不時出現的怪物，撞得她鎧甲鏗鏗響。

但牠們無法造成任何傷害。

對梅普露來說，跟沒出怪一樣。

問題是不騎糖漿的速度慢得誇張，從森林入口走到教堂就花了兩個小時。

「唉……最近太少走路了……」

梅普露只是想偶爾用走的探索世界，結果效率落差讓她感到十分疲憊。

儘管如此，她仍然找到了那座頹圮的教堂。

「好，進去吧！」

門已經脫落，只剩個洞，內部也遭到藤蔓草木嚴重侵蝕。

梅普露沿著一排排長椅中央的通道，往教堂深處走去。

正面牆上有個歪斜的大十字架，即使破舊也有強烈存在感。

其正下方地面，有個亮晶晶的東西。

「這是什麼……？」

光是來自裝有閃亮氣體的小瓶。

梅普露立刻查看小瓶的資訊。

「大天使餘暉」

「感、感覺好厲害喔……」

梅普露小心地將小瓶收進道具欄，仔細檢查沒有遺漏之後便盡快趕回少女身邊。

開門進去，婦人就跟著反應，向她說話。

「騎士大人……有事嗎？」

「有個東西我想試試看。」

梅普露站到臥床少女身旁，從道具欄取出小瓶開蓋。
剎那間，少女全身迸發眩目光芒。
「哇！」
「騎士大人！怎麼了嗎！」
婦人驚訝地看著梅普露，不曉得發生什麼事而慌張。
「咦，妳、妳看不見啊？」
少女散發的光輝和上次構成文字時一樣，而這次是構成美麗女子的身影。
梅普露注視女子一會兒後，她開始說話了。
「謝謝妳，我差點就要奪走這孩子的性命了。」
「是、是喔……太、太好了。」
「我要將一部分力量獻給妳……這樣我就能回去了……」
說完這些話，光輝就升上天空，消失不見。
同時少女忽然坐起。
「咦……媽媽……？」
「啊、啊……啊啊！」
婦人緊抱少女。
少女仍不了解現在是什麼狀況。

「這樣算……圓滿落幕了嗎？」

這樣的結局讓梅普露有點莫名其妙，但任務完成的訊息都出來了，也只好接受。

悄悄離開後，梅普露查看新獲得的技能。

「【獻身慈愛】……哇……這是怎樣？」

梅普露閱讀說明文時，不禁喃喃這麼說。

並忽然有個想法，奔向【公會基地】。

「伊茲姊！」

「……怎麼啦，急成這樣？」

「我想請妳做一套裝備……可以嗎？」

「這個嘛……不是不行啦，要先知道是什麼樣的裝備再說……這次又怎麼啦？」

「……我也不太清楚，可以跟我來一下嗎？」

「真是的……到底怎麼啦……？」

梅普露將伊茲帶到野外，使用新技能給她看。

之後這五天。

伊茲上線時都在工坊思考怎麼配裝，反覆試做到滿意為止。
「不對……這種裝備和『那個』不搭……！」
伊茲在工坊裡喃喃自語。

◆□◆□◆□◆□◆

梅普露拜託伊茲打造裝備後過了五天。
當梅普露上線並來到公會基地時，伊茲從工坊出來了。
「梅普露……妳的裝備我做好了。」
「真的嗎！」
「嗯，我拿給妳看。」
伊茲跟著拿出道具欄的，是潔白的全身甲、塔盾、短刀和白銀頭冠。
所有裝備都用了幾顆藍寶石做點綴。
扣除頭冠，整體印象是聖騎士的感覺。
「我真的變成騎士啦？」
梅普露全部裝備起來，檢視裝備能力。

「大天使頭冠・X」
【HP　+250】
「大天使白盾・Ⅸ」
【HP　+300】
「大天使聖刀・Ⅷ」
【HP　+200】
「大天使聖鎧・Ⅸ」
【HP　+350】

「這個……X跟Ⅸ之類的是什麼意思呀……？」

梅普露問。

「那是用【鍛造】技能生產的裝備才有的【強化】級數。【鍛造】裝和外面打到的裝不一樣，不能附加技能，但優點是可以強化屬性。」

「這樣啊……」

「【強化】的成功率會隨【鍛造】等級提升……不過想打到最大的X很靠運氣。材料和錢就先給妳欠著吧，變強以後，賺錢也會快一點。」

「好！我會盡快湊給妳的！」

梅普露開心地說。

伊茲所做的是近乎沒有妥協的最高級裝備。

她說這套裝備比她幫克羅姆打造的還高上兩階，但陶醉於觀賞裝備的梅普露沒有聽見。

看著看著，其他公會成員也來到【公會基地】了。

「嗯？……喔喔！那是伊茲做的裝備嗎？不錯喔，很好看。我也想要新裝備了……」

「梅普露竟然想要新裝備，八成發生了很恐怖的事……」

「就是說啊……恐怖到之前的裝備不夠穿了吧？」

「梅普露，白色很適合妳喔！」

克羅姆、莎莉、霞和奏接連發表感想。

「那麼……我們去找個地方打怪吧，這樣解釋我為什麼要換裝比較快。」

既然能知道原因，所有人都爽快答應。

伊茲也想看穿這套裝備時的「那個」，一併跟去了。

「這邊就好了吧？」

梅普露用糖漿載所有人一起飛，降落在會有群體怪出沒的地方。

「那……我開始嘍！【獻身慈愛】！」
梅普露身上迸出紅色特效。
特效消失的同時，她周圍半徑十公尺範圍的地面發出淡光。
不僅如此。
她背上還長出兩片潔白的羽翼，頭上飄著白色光環。
頭髮變成漂亮的金色，瞳仁變成深藍色。
「「「咦……？」」」
「我一開始看到也是這種反應。」
「啊哈哈……外表整個變了呢……啊，有怪物來了。」
四人腦袋瞬時當機，但馬上想到梅普露不能用常理論斷就恢復正常了。
可說是已經很習慣梅普露搞怪。

「各位～！現在被打也沒關係喔！」
「我來……他們都還不曉得是什麼狀況吧……」
伊茲主動走到怪物面前，用身體接受攻擊。
結果血條動也沒動。
「啊？為什麼會這樣？」

「因為梅普露的技能啦……在發光範圍裡的隊員，每個都會受到【掩護】的效果……大概吧。」

「不過要先扣一定HP就是了。」

【獻身慈愛】和【毒龍】一樣，同時包含幾項技能。

這個能使隊友常駐【掩護】的效果，只是其中之一。使用後，想打倒【大楓樹】的任何人都得先打倒梅普露才行。

且如同【毒龍】包含【麻痺尖嘯】，【獻身慈愛】還有尚未展現的力量。

然而，用這些技能全都要支付HP。

梅普露原先的裝備不足以使用所有技能，所以才請伊茲打造新裝備。

其實這個【獻身慈愛】，完全是【博愛騎士】的高階版。

獎勵任務不是說好聽的。

「……也就是說，每個人的防禦力都會和梅普露一樣嗎……哇……」

只要待在這範圍內，不打倒梅普露就打不倒其他人。

可是打倒梅普露本身就是相當困難的事。

打每一個都要用穿透攻擊，不然根本打不動。

而且是得先命中才算數的殘酷狀況。

想打中莎莉就很難，克羅姆也會用塔盾反彈，霞也有迴避能力。

打得中的戰鬥人員，就只有奏了。

「可是妳不是要換裝備嗎？那這樣還有足夠防禦力幫我們抵銷傷害嗎……有嗎？」

「沒問題！就算什麼裝備都不穿，我ＶＩＴ還是破千！」

「「哈哈……破千？」」

對霞和克羅姆來說，實在是扯到只能笑了。

兩人乾脆直接放棄思考。

搭乘糖漿回城時，克羅姆問：

「我都會在討論區聊梅普露和莎莉的事耶，是不是不要比較好？」

「嗯……我是沒關係啦。告訴你們的都是可以讓人知道的事。」

「我也和莎莉一樣。因為……」

「「就算被人知道，結果還是一樣呢。」」

即使克羅姆在討論區公開目前所知，莎莉也不會變慢，梅普露也不會變軟。

克羅姆不知道技能是如何取得，怎麼寫都無關緊要。

不會對梅普露和莎莉造成問題。

126名稱：無名塔盾手
嗨～

127名稱：無名長槍手
喔！
你竟然進了梅普露的公會……
可惡！好羨慕！

128名稱：無名巨劍手
好好喔～
上次請你看莎莉怎麼打，有新消息嗎？

129名稱：無名弓箭手

給我內幕。

應該有料能爆吧？

不會逼你說不能說的東西啦。

１３０名稱：無名長槍手

變自己人以後就不能亂說話了呢。

能說的就說一點吧。

１３１名稱：無名魔法師

拜託。

１３２名稱：無名塔盾手

知道了。

先從莎莉開始說。

莎莉和傳說中一樣超會閃。

實際上看起來不像是靠技能。

可能是有其他原因。
和怪物打了很久都沒看她掉血。
現在還多了某種靈光。

133名稱：無名弓箭手
活動裡那個果然是莎莉沒錯。
第二次活動那個穿藍衣服超會閃的。

134名稱：無名巨劍手
而且還進化了。
靈光是啥鬼。

135名稱：無名長槍手
嗯。
莎莉好像也拿到了神祕的技能。
沒梅普露那麼誇張就是了。

136名稱：無名塔盾手
再來講梅普露。
她最近幾天都一個人到處跑，
回來以後……

137名稱：無名巨劍手
不要賣關子。

138名稱：無名長槍手
快說。

139名稱：無名魔法師
發生什麼事了？

140名稱：無名塔盾手

我看到了天使。

１４１名稱：無名弓箭手
我們都知道梅普露是天使啊。

１４２名稱：無名魔法師
現在說這幹麼。

１４３名稱：無名巨劍手
梅普露本來就是天使吧？

１４４名稱：無名長槍手
那還用說嗎。

１４５名稱：無名塔盾手
話是這樣說沒錯。

我重說一次好了。

梅普露帶著會長出天使光環和翅膀，變成金髮碧眼的技能回來了。

146名稱：無名長槍手

咦？

147名稱：無名魔法師

一沒盯緊就會突變。

148名稱：無名巨劍手

為什麼？哪裡有這種技能？

149名稱：無名塔盾手

我也不知道。

技能名稱叫【獻身慈愛】。

好像是可以讓範圍內的隊友常駐【掩護】的技能。

讓梅普露用這種東西的話……

範圍內的隊友幾乎是不死狀態。

150名稱：無名巨劍手
終於練出第二型態啦。
直接變最終魔王就好了吧？

151名稱：無名長槍手
用人間煉獄來形容還不夠咧。

盯好她。
不然再過不久，
她就會帶著第三型態回來了。
絕對是。

152名稱：無名塔盾手
而且梅普露還親口說，全部裝備脫掉ＶＩＴ也破千。

153名稱：無名弓箭手
有夠莫名其妙。

154名稱：無名長槍手
空身破千太扯了。
她身體是鐵打的嗎？
還是奧里哈鋼？

155名稱：無名巨劍手
話說梅普露玩到現在也沒多久吧？
她的傳說是進第二階以後才傳開的不是？
這一階有蹊蹺喔。

156名稱：無名塔盾手
我也想過，
可是這樣的話應該會再跑出兩、三個梅普露吧。
157名稱：無名魔法師
就是說啊。
不曉得為什麼只有她一個做到。

之後他們也想了很久，但就是想不到技能是怎麼來的。

第三章　防禦特化與協助

梅普露對公會成員展示其天使外表和壓倒性力量的第二天。

克羅姆和伊茲在公會一進來的廳堂中對話。

「梅普露真的愈來愈強了耶。」

「就是啊，愈看愈有趣。」

「可是……感覺有點那個……」

「嗯？」

「我不就像是梅普露的閹割版嗎！」

「…………是啊，有一點。」

克羅姆無論火力還是防禦力都遜於梅普露，這是不爭的事實。

唯一贏過她的就只是玩家本身的技術。

「我要趕快尋找在這公會裡的存在意義才行……！」

「嗯，也難怪你會這麼想啦。」

聊著聊著，梅普露開門進【公會基地】了。

「說人人到。」

「你們在聊我的事啊？」

「嗯，一點點。」

「我也好想學妳那些強力技能喔。」

克羅姆表示想找和梅普露不同方向的技能，梅普露也開心地支持。

問她取得強力技能的訣竅，她也只模糊說隨便逛地圖就拿到了，不太能參考。

「嗯……可是今天不太能幫你……對了！我借你糖漿！應該可以幫到一點忙……」

梅普露操作藍色面板移除戒指，再從道具欄拿出來交給克羅姆。

「呃……可以嗎？這是很重要的裝備吧，我不還妳怎麼辦？」

「你會做那種事嗎？」

「呃，我是絕對不會啦。」

克羅姆強烈否定。

他完全沒有那種念頭。

「那就沒問題啦！」

梅普露笑容滿面地說。

克羅姆再三勸告梅普露，不該把重要物品隨便給人，就算是自己公會的人也一樣。

但梅普露無論如何都想幫助克羅姆，所以即使面有難色，克羅姆仍收下戒指離開基地，好收拾場面。

走在野外，克羅姆想的都是梅普露的事。

「晚點請莎莉再勸勸她好了。」

這麼受人信賴，固然是令人高興，但梅普露似乎有點信過頭了。

「……不能讓她被壞人騙。」

梅普露很享受這個遊戲，但遊戲資歷太淺。

還有很多快樂等著她發掘之外，也有很多暗藏的悲苦。

她還沒實際體會過惡質玩家的存在。

不讓惡質玩家欺負梅普露經驗淺，是克羅姆少數能為她做，且梅普露自己做不到的事。

「要讓她玩得快樂才行。」

克羅姆不斷朝西方前進。

「好吧。既然都借給我了，我就好好用一用吧。不然對不起梅普露。」

克羅姆叫出糖漿一起走，沒有【巨大化】。

他無法像梅普露那樣讓糖漿飛上天，所以覺得沒那個必要。

「喔……又有怪物了。」

克羅姆抽出短刀，架起塔盾。

出現的是三隻豬型怪物。

而克羅姆只有一面盾牌。

怪物若同時攻擊，當然會打到他身上。

「唔……換成梅普露就是零傷害了！」

克羅姆往衝撞過來的怪物砍一刀，向後跳開。

紅色特效飛散。

豬怪物的追擊，他也用塔盾擋開。

「【突刺】！」

克羅姆使用技能，擊出快狠準的一刺。

短刀擊中遭塔盾彈開的怪物，奪去牠的ＨＰ。

這時候，克羅姆的血條正慢慢恢復。

克羅姆這樣欠缺攻擊手段的塔盾玩家能在第一次活動打進前十名，並不是運氣好。

他也有一個不為一般玩家所知的技能。

【戰地自癒】
戰鬥中，每十秒恢復1％HP。

就是這個技能和高強防禦能力讓克羅姆這麼難纏，打進第九名。
以一般玩家為基準，克羅姆已十分強勁，只是與梅普露相形之下顯得弱而已。
第一次活動前十名的玩家，都擁有某些強力技能。
梅普露的技能級數特別高，才會那麼受人矚目。
克羅姆就這麼一路陪糖漿打怪賺經驗，不停往西方前進。

最後來到西方荒野。
「這裡我還沒逛過，從這裡開始吧。」
探索荒野的途中，克羅姆發現一塊陳舊的小墓碑。
見到特殊事物時，是玩家都會想調查看看。
克羅姆也不例外。
走到距離墓碑只剩一步時，地面忽然消失不見，措手不及的他直接掉了下去。

克羅姆在地底爬起來。

眼前是深邃的洞穴。

「啊？……這是隱藏地城嗎？」

看看四周，發現糖漿沒有走丟，也跟來了。

「真是的……梅普露是不是被什麼東西附身啦？」

克羅姆開始覺得事情只要牽扯到梅普露就會變得很奇怪。

不過進入這個地方不是受到梅普露的神祕影響，純粹是因為他自己的經歷。

無論莎莉、梅普露、霞、奏或伊茲，都有某些特殊之處。

克羅姆也有其他人所沒有的。

那就是無與倫比的死亡次數。

身為公認最艱苦的塔盾玩家，最低的火力讓他經常來不及處理怪物而遭到包圍，死了無數次才掌握控制塔盾的訣竅。

這是一段進步緩慢的過程。

每一步都是用死亡次數堆起來的。

但克羅姆沒有放棄，不斷磨練自己。

用時間和努力彌補先天的不足。

【戰地自癒】就是死了又死之後意外獲得的技能。

他的每種技能和任何技術，都是伴隨死亡而來。

這座地城名叫【亡者之墓】。

梅普露和莎莉都進不了這座地城。

有資格進入的，就只有克羅姆這樣體驗過上千次死亡與重生的玩家。

◆□◆□◆□◆□◆

克羅姆一路往洞穴深處前進。

糖漿也走在他身旁。

「我去看一下裡面喔。死個一次也沒關係吧。」

雖然死亡懲罰會減損經驗值與部分技能的熟練度，但是對克服重重險阻至今的克羅姆而言，並不是值得害怕的事。

克羅姆觀察周圍岩壁。岩壁坑坑洞洞，似乎很容易崩塌。

看來不是人工挖鑿的洞穴。

「既然在墳墓底下，是以不死系為主嗎？」

克羅姆事先猜測怪物的類型。

而他猜得沒錯，往前再走一小段而進入較為寬敞的空間時，有好幾具骷髏爬出地面。

全是手拿鏽得破爛的槍或劍，看起來不強。

單純是以量取勝的小怪群。

克羅姆讓糖漿參戰減輕負擔，順利消滅所有骷髏。

「喔，糖漿升級啦？」

用藥水恢復糖漿的HP之後，克羅姆查看牠新獲得的技能。

「學會【掩護】啦？嗯，技能組合和塔盾型很像嘛。」

梅普露平時很少讓糖漿參與戰鬥，所以沒升多少級。

和克羅姆行動，等級升得快多了。

還給梅普露時，相信是已經學會許多技能，變得很強了吧。

「就幫她練一練來答謝她借我寵物吧。」

克羅姆一路輔助糖漿，向深處前進。

糖漿一一打倒路上敵人，經驗值也不斷累積。

「嗯？又學會新技能啦。」

經過幾場戰鬥，克羅姆查看糖漿的狀況，發現牠又學會兩個技能。

【大自然】
可以使地面隆起，長出藤蔓或樹木來進行攻防。
【精靈砲】
只能在【巨大化】狀態下使用。
目標正前方的遠程攻擊。

「這樣火力搞不好已經比我強了耶。唉……我也好想要魔寵喔。」

再打幾場以後，克羅姆抵達最深處。

眼前的巨門表示接下來是魔王的房間。

「地城還滿長的，可是怪物都是雜碎……搞不好打得贏？」

克羅姆猜想地城難度不高，進入房間。

門後空間很寬，足以讓糖漿【巨大化】。

克羅姆與糖漿進入房間後不久，房間深處有一具骷髏緩緩站起。

它與先前的骷髏不同，裝備古老但裝飾豪華的鎧甲與長劍，眼窩有鬼火般的藍白幽光。

「呼……我還是第一次單打魔王耶……喔不，不是單打。」

克羅姆讓糖漿【巨大化】並下達指令，要來個先發制人。

「【大自然】！」

糖漿周圍地面頓時長出粗大藤蔓，襲向魔王，但全被包覆魔王全身的藍白屏障擋住了。

「要先弄掉那個才打得下去吧。」

克羅姆將糖漿留在後方，接近魔王。

魔王也朝克羅姆走來。

「【盾擊】！」

這一擊同樣會遭到屏障阻擋，但克羅姆必須先測試一般傷害能否破壞屏障。

「嘿……！」

他以塔盾彈開長劍再補一刀，對屏障給予傷害。

但是攻擊本來就不是盾職的工作，打了很久都沒破。

而克羅姆的裝備若受損太多，是一定會壞。

從魔王攻擊的力道來看，拖久了肯定不利。

克羅姆感到這樣下去很危險，走位閃避並大叫：

「糖漿！【精靈砲】！」

一道白色光束立刻從糖漿疾射而出。

路上克羅姆事先測試過時間和範圍，所以能夠及時退開。

「怎麼樣！」

光束消失的同時，有清脆的破碎聲響起。

屏障消失了。

但那不全是好事。

接著魔王喀噠喀噠地將長劍刺入地面。

長方形房間的四個角落，隨之湧現出一具具的骷髏。

假如克羅姆隻身前來，恐怕沒有勝算，可是他現在有糖漿支援。

幾乎所有怪物都被糖漿引走，讓他可以專心打王。

注意糖漿HP之餘，克羅姆穩紮穩打地消滅魔王的HP。

糖漿也不時助攻，添加傷害。

只要能確實防禦魔王的攻擊，骷髏兵的攻擊可以用【戰地自療】撐住。

當魔王攻勢放緩時再處理就行了。

維持現在步調，是克羅姆占優勢。

「【盾擊】！」

幸虧魔王沒有盾牌，很容易擊中。

克羅姆繼續追擊遭震退的魔王。

「ＨＰ沒那麼多嘛……喝！」

由於集中攻擊過頭容易遭受嚴重的反擊，克羅姆不時停手觀察，但也依然將魔王的ＨＰ砍到將近一半。

這是糖漿的功勞。

糖漿的【大自然】攻擊，是很好的傷害來源。

考慮到糖漿還吸引了大多骷髏，沒有牠應該就不用打了吧。

「真的要好好感謝梅普露才行……！【炎斬】！」

纏繞火炎的短刀斜向斬過魔王的身體。

這一刀終於讓它的ＨＰ低於一半。

魔王回到原來的地點，召回大量骷髏。

骷髏到他身旁就當場崩散，冒出黑色鬼火流入魔王體內。

四個角落也不再有骷髏爬出。

魔王全身湧現黑色氣場，在其周圍構成巨型骷髏。

巨型骷髏一手拿的長劍有房間三分之一那麼長，另一手還拿了斧頭。

「第二形態啊。梅普露還比你可怕喔？學學人家好不好？」

克羅姆架起塔盾。

魔王戰進入後半段。

◆□◆□◆□◆□◆

「趕快把他結束吧……！」

克羅姆舉起塔盾向前進。

魔王隨之劈下它的劍，而克羅姆直接閃避，沒有用盾抵擋。

盾擋的是隨後而來的斧擊，且遭到彈開。

「唔……！」

克羅姆立刻查看塔盾狀況。

他和梅普露跟莎莉不同，塔盾過度使用會損壞。

現在看起來還好，但那種重攻擊恐怕再來個幾次就會把盾敲壞。

克羅姆暫且退到魔王打不中的位置。

「【精靈砲】！」

糖漿在魔王的攻擊範圍外，克羅姆便先用糖漿的光束砲攻擊。

然而魔王斧劍交叉，徹底擋下了這一砲。

「只能貼上去打嗎……！」

知道遠程攻擊打不倒魔王後，克羅姆再度上前。

「【大自然】！」

魔王又交叉斧劍，擋住糖漿周圍伸出的所有藤蔓，但阻止不了跑在藤蔓底下的克羅姆。

克羅姆貼到魔王身邊，立刻就是一刀。

「【炎斬】！」

魔王也以長劍劈來。

但克羅姆還有塔盾。

魔王的攻擊碰不到克羅姆本身。

只要糖漿的【大自然】一斷，魔王的劍與斧就會同時招呼過來，攻擊不能停歇。

「【突刺】！」

短刀刺穿魔王的鎧甲，HP只剩兩成了。

這瞬間。

魔王身上爆出放射狀的漆黑尖刺。

克羅姆下意識地舉盾防禦，但緊接而來的劍將他的盾鏗然砍碎。

「會害我被伊茲罵啦！」

尖刺沒有下一次，就此消失。克羅姆不放棄機會，再用短刀多添一點傷害。

這時，糖漿的【大自然】結束了。

失去塔盾的克羅姆無法同時防止劍與斧的攻擊。

只能移動位置，只承受劍的攻擊並盡力揮刀。

魔王的長劍和克羅姆的短刀，互相削減彼此的ＨＰ。

隨後掃來的斧頭，直接命中專注於長劍的克羅姆背部。強烈衝擊削去了他的血條，連鎧甲也爆散了。

但克羅姆仍未倒下。

【不屈衛士】使他還剩１ＨＰ。那是克羅姆的活命法寶之一，也是讓他起死回生的王牌。

「【炎斬】！」

背水一戰的克羅姆揮出短刀。

然而魔王的血條還剩一成。

第二次的劍斧連擊襲向克羅姆。

只靠【戰地自癒】完全來不及補血。

「【精靈聖光！】」

這是克羅姆選的銀幣技能。

絕招中的絕招。

十秒內能隔絕任何傷害的聖光傾注於克羅姆。

「我不會死的啦！沒那麼容易！」

克羅姆捨棄防禦全力揮砍。魔王也同樣劍斧齊下，但就是砍不掉克羅姆最後一滴血。

短刀狠狠劃過魔王的臉。

這一刀之後，魔王眼中的藍白幽光熄滅了。

包圍魔王的漆黑骸骨也化為光點消散無蹤。

「呼……累死了……果然塔盾是專職防禦。」

克羅姆癱坐下來，面前出現魔法陣和巨大的棺材。

他立刻向後退遠，叫來糖漿。

「如果是怪物就幫我掩護喔……我先喝藥水。」

克羅姆補滿ＨＰ以後，慢慢掀開棺蓋。

裡頭有一具骷髏，身上穿戴血一般的暗紅色裝備。

沒有要爬起來的樣子。

「啊？這是獎勵嗎？」

克羅姆戰戰兢兢地碰一下，裝備跟著跑進道具欄裡。

「獨特……裝備？這是……」

「染血骷髏」
【VIT　+25】【無法破壞】
技能【靈魂吞噬者(Soul Eater)】

「染血白甲」
【VIT　+25】【HP　+100】【無法破壞】
技能【非死即生】

「斷頭刀」
【STR　+30】【無法破壞】
技能【生命吞噬者(Life Eater)】

「**怨靈之牆**」

【VIT　+20】【HP　+100】【無法破壞】

技能【吸魂】

「好強啊……扣掉煞氣很重的名字和外觀，真的很完美……這是，短刀？還比較像砍刀耶。」

克羅姆喃喃地穿上整套裝備。

掩蓋臉部下半的骷髏上下顎。

原本似乎是白色的鎧甲。

名副其實，足以砍頭的較大染血砍刀。

有骷髏雕刻的塔盾。

「看完技能以後……就回去吧。」

【**靈魂吞噬者**（Soul Eater）】

擊殺怪物或玩家時，回復10%HP。

【**非死即生**】

ＨＰ耗盡時，有50％機率以１ＨＰ存活。

【生命吞噬者（Life Eater）】

遭成傷害時，ＨＰ回復傷害值的三分之一。

【吸魂】

遭受攻擊而受傷，回復３％ＨＰ。

技能確認完畢後，克羅姆將糖漿收回戒指，踏上魔法陣離開地城。

◆□◆□◆□◆□◆

克羅姆往非人之道跨出第一步後幾天。

遊戲有個小更新，加入一個叫【剃毛】的技能。

如字面所示，【剃毛】就是用來剃除毛髮。

隨這技能的加入，部分區域開始出現綿羊。

伊茲說那是很優良的材料，希望會員有空就多收集一點。

梅普露和霞正好沒事幹，一起到第一階地區的草原找羊。

「陪妳剃是沒關係啦……可是我們只能【剃毛】，沒問題嗎？」

「不是我們，只有妳而已……」

將點數全灌在防禦力上的梅普露拿不到【剃毛】。

所以要負責用【麻痺尖嘯】逮羊。

羊的HP很低，需要在不造成傷害的狀況下捕捉。

梅普露正好是合適人選。

「這裡的羊都沒有毛耶～」

「就是啊……有其他玩家也來【剃毛】了吧。」

只看見被【剃毛】過的羊，找不到正常的。

繞了三十分鐘後——

「找到了！」

霞所指之處有三隻羊。

「【麻痺尖嘯】！」

梅普露立刻麻痺，但超出範圍，只逮到一隻。

其餘兩隻在她們接近時逃走了。

「先剃這隻吧。【剃毛】。」

霞使用技能，羊立刻變得光溜溜，道具欄裡多了一團羊毛。

「這樣絕對不夠……」

「嗯……應該吧。」

只帶一團羊毛回去，不管做什麼都不夠。

「嗯……我自己大概追得上跑掉的羊。可以抓住牠們的技能……也不是沒有。我去追追看嘍。」

「嗯！知道了！」

就這樣，霞往羊逃跑的方向追去。

只留下麻痺的無毛羊和梅普露。

「…………」

梅普露往羊瞄一眼。

好像很軟的樣子。

霞追趕著其中一隻羊。

「【超加速】！」

羊跑得很快，使用【超加速】才終於和羊並行。

若無法不知不覺地接近羊，想【剃毛】恐怕是很困難的事。

「先試試看……【剃毛】！」

跑在羊身旁的霞姑且試試邊跑邊剃。

結果羊毛照樣剃得乾乾淨淨。

霞停了下來。

「不用停住羊的動作，只要進入技能範圍就好啊？遊戲才能這樣。」

查看道具欄，確定真的多了一團羊毛。

另一隻羊已經往其他方向逃跑，找不到了。

梅普露不太可能被怪物打倒，所以霞很放心地回去。

可是當她回到梅普露先前的位置時，有一大團神祕白色球體盤踞在那裡。

「啊？」

霞拔出刀，小心接近球體。

「這是……羊毛？」

摸了摸之後，確定那真是羊毛。

「【剃毛】！」

於是霞當機立斷，對球體使用了技能。

技能對這球體也確實發揮效用，羊毛球變成十團羊毛，進入霞的道具欄。

同時鏗鏘一聲，梅普露掉在地上。

「梅普露？……妳在那裡面啊？」

「可以說是在那裡面……也能說那就是我啦……」

「什、什麼意思？」

「……想玩玩看就變那樣了。」

梅普露沒有多做解釋。

「有聽沒有懂……不過好像不要問比較好……」

霞也看出她還不打算講，什麼也沒多問。

「我每二十四小時能做一次羊毛，到時候麻煩妳剃喔。」

「是、是喔，那好吧。」

兩人搭乘糖漿返回【公會基地】。

途中，梅普露再度查看自己的技能。

【綿羊吞噬者（Sheep Eater）】

回到【公會基地】以後，霞和克羅姆兩個隔桌閒聊。

話題是梅普露與羊毛。

「我才離開一下下，她就又拿到新技能了。」

「用我朋友的話來說就是……一沒盯緊就會突變。」

克羅姆再補一句「我已經習慣了」。

「……習慣啦？」

「而且我已經一隻腳踏到那邊去了……」

克羅姆看著自己裝備說。

他也逐漸偏離了常規路線。

「那要怎樣才會嚇到你？」

霞這個問題讓克羅姆想了想。

片刻，他開口：

「這個嘛……如果她會飄到天上變成雲到處打雷閃電，我大概會嚇到。」

克羅姆開玩笑地說。

「哈哈哈！這也太扯了啦。」

「是啊，真的太扯。對了對了，妳看到新的公告了嗎？」

霞沒看到，搖了搖頭。

克羅姆便替她總結公告內容。

「第三次活動要來了。再兩星期。」

「辦得很勤嘛……所以內容是什麼？」

「活動期間會出現特殊怪物，要收集他們掉的東西，可以換自己或公會用的獎品。」

克羅姆還說公會愈大，所需收集品也愈多。

梅普露的【公會基地】是用低等【光蟲之證】購得，需要量比較少。

同時有個人排行，另依名次高低發獎品。

要注意的是，收集品不能交易轉讓。

因為不會進道具欄，直接計算個數。

「……這次也不好打吧。」

「……肯定是的。」

兩人說的是梅普露。

儘管她在先前的活動都締造佳績，但那是因為她本身強悍，沒有特別花時間去農。

這次恐怕是無論如何都擠不進前十名。

「我也農得很凶……可是人上有人啊。」

這兩個星期，【大楓樹】所有人都開始為第三次活動加緊準備。

◆□◆□◆□◆□◆

某天，伊茲和奏在【公會基地】裡對話。

「我們基本上應該都是支援他們四個吧。」

伊茲支援的是戰鬥以外的部分。

奏則是重要的戰場後衛。

「我也學了幾招攻擊魔法啦……可是試招以後感覺沒必要，就稍微換個方向了。」

比起攻擊，奏選擇的是提升己方能力的技能或治療魔法，好讓四個前鋒可以輕鬆打怪。

「畢竟只有我用法杖，可以學他們學不到的技能嘛。」

奏能學的魔法，比莎莉現在學會的還要多。

這就是他在公會內的獨特之處。

「只要加強他們四個，他們就會幫我打怪啦。」

「就是啊，他們真的都很行……啊，對了。你這套裝備穿起來怎麼樣？我改良好多次了……希望你喜歡。」

伊茲就是為了這件事找奏過來的。聽她這麼問，奏點點頭說他很滿意。

奏原本的裝備只是新手裝配幾件市場裝，自從第二次活動以來幾乎沒變，所以伊茲替他做了一套。

首先是和頭髮一樣紅的報童帽。

其他裝備也是以紅與黑為主，造型比較接近日常穿著。

改良過程中，也用上了梅普露產的羊毛。

所有裝備都有提升【ＩＮＴ】和【ＭＰ】的效果，對奏而言是大幅強化。

「盔甲不適合我嘛。」

奏穿上伊茲改良的裝備，離開【公會基地】。

今天他要去拿【魔力屏障】。

現在公會裡技能拿得最勤快的就是他。

只要奏不倒下，支援和治療就不會斷。

然而在某些狀況下，想打倒奏就得先打倒大天使狀態的梅普露。

梅普露的【ＶＩＴ】又經過奏強化。

奏還能恢復梅普露減損的ＨＰ。

避免與這團人戰鬥變成遊戲常識的日子，已不遠矣。

喔不，說不定已經到了。

場景來到第二階地區邊境。

莎莉人在這邊的森林裡。

「呼……雖然到現在都沒受過傷……但差不多也該為受傷做點準備了。」

這幾天，她多學了幾個技能。

不過距離她的理想，還有很多技能要拿。

「也得幫朧練個等才行呢。」

莎莉在森林中漫步，怪物接連出現。

她這次是以閃躲為重，只對怪物造成些許傷害再讓朧來打倒，以幫牠升級。

打著打著，朧的等級步步上升。

「呼……看一下。喔喔？」

查看朧的技能之後，莎莉笑著摸摸牠的頭。

「這樣的話……說不定不用替受傷作準備嘍。」

莎莉說完就停止練等，返回城鎮。

克羅姆人在第二階的沙漠。

「真的太猛啦，好像完全死不了啊。」

以塔盾抵擋怪物攻擊，劈下短刀。

這樣的動作就能節節恢復他的ＨＰ，而且他還有【戰地自療】。

再加上ＨＰ見底時還有【精靈聖光】能用。

克羅姆斬倒最後一隻怪物，收起武器。

「梅普露肯定是穿獨特裝備，塔盾和短刀也一定有附技能。感覺是只有鎧甲沒有。」

對克羅姆而言，【無法破壞】真是太棒了。

這樣就不用老是請人維修裝備。

「梅普露的裝備應該也有【無法破壞】吧。」

但他不曉得實際上的能力比他想得恐怖得多了。

「再農一下吧。」

成為可以安全單打的塔盾玩家之後，克羅姆不停地戰鬥。

【大楓樹】的兩個塔盾玩家都很不簡單。

因為原本的定位，並不是他們這樣攻守兼備的職業。

霞也在戰鬥當中。

她是【大楓樹】裡火力輸出最穩定的玩家。

莎莉用匕首，克羅姆和梅普露用短刀，所以她是前鋒中攻擊範圍和傷害最高的人。

實際上，她【ＳＴＲ】也最高，【ＡＧＩ】也在前段。

儘管防禦面上有所疑慮，但已經被大天使梅普露排解了。

感覺實在是穩到不行。

「好……差不多該回去了。」

這時，霞注意到自己有未讀訊息。

「梅普露密我？什麼事啊……」

霞查看訊息，而梅普露直接了當地寫著：

我在第二階城鎮正西邊。

請過來剃毛。

愈快愈好，謝謝。

「嗯？嗯？好吧，也沒有不去的道理。」

霞就此奔向梅普露的所在地。

時間回溯十分鐘。

梅普露為研究長羊毛的技能，前往西方。

「【長毛】！」

找到個好位置之後，梅普露喊出技能，團團羊毛隨之遮掩了她的視線。

「真的沒辦法控制毛量耶……嗯～～～嗯～～～！嘿！」

梅普露從球心往斜下蠕動，把頭鑽出毛球。

然後伸出手腳。

「這樣就能動了吧？」

能動也沒有半點意義。

不過這樣讓她看到有怪物在攻擊她，從而發現一件事。

「這團羊毛的防禦力該不會跟我一樣吧？」

正是如此。

系統將從梅普露身上長出的羊毛視為她的一部分，受其屬性影響。

「躲在羊毛裡的話，只要沒人【剃毛】就超強？」

梅普露繼續思索各種運用毛球的方式，但想不到其他好主意，準備解除毛球狀態時注意到一件事。

「啊！我一個人什麼都不能做啊！」

遠處有幾個發現神祕毛球的玩家正在接近。

這個四足步行狀態就快被人看見了。

梅普露急忙聯絡霞。

「快、快點回去！」

她慌慌張張地縮回毛球中央，從中流出毒液，不讓玩家接近。

「啊！這樣霞也過不來了！」

發現自己犯了錯也無補。毛球外傳來的聲音愈來愈多，可是毒液使他們誰也不能【剃毛】。

後來毒液消失且霞剃走羊毛之後，大家才發現梅普露又在做些莫名奇妙的事，成為討論版的話題。

２８０名稱：無名巨劍手
梅普露又在亂搞了。

２８１名稱：無名長槍手
好像是。
有人說她變成毛球。

282名稱：無名魔法師
正常玩的話，人不會變成毛球。

283名稱：無名巨劍手
就是說啊。

284名稱：無名弓箭手
一定是受到羊的感召，變成羊了。

285名稱：無名長槍手
這種感覺配梅普露剛剛好。

286名稱：無名巨劍手
變毛球算人畜無害吧。
就只是軟綿綿的。

287名稱：無名魔法師
可是聽說有毒液流出來喔。

288名稱：無名長槍手
其實是某種海膽嗎？

289名稱：無名弓箭手
梅普露一遇到危險就會噴出劇毒呢。

290名稱：無名巨劍手
不過沒有毒也能活得好好的吧。

291名稱：無名長槍手
難說，梅普露還有穿透攻擊這個天敵在。

292名稱：無名魔法師
嗯？那變成毛球以後傷害怎麼算？

這樣不就打不中她本體了嗎？
293名稱：無名弓箭手
天敵的立場呢。
294名稱：無名長槍手
嗯……所以她封神了？
毛球形態有待觀察。

等克羅姆來以後再問問他吧。時間就這麼在大家的閒聊中過去。

第四章　防禦特化與第三次活動

梅普露登入遊戲，出現在【公會基地】。莎莉、奏和伊茲也在門廳。

「活動要開始了耶！」

梅普露雀躍地對莎莉說。

「才開始五小時，不過戰況已經很激烈了喔？第一名的已經五位數了。現在嘛，克羅姆和霞也都開農了。」

這次遊戲時間沒有加速，梅普露不能投注太多時間，只能盡力而為。

「喔喔……每個都好厲害喔……」

這裡四個人都還是0個。伊茲在這次活動似乎只想稍微打一下就放手。

「雖然我幾乎沒有攻擊招式，可是多少還有點【ＳＴＲ】。」

既然揮得動鐵鎚，想必也不是什麼怪都打不倒。

當然，她的【ＳＴＲ】比梅普露高。

「我們也走吧。」

「走吧。」

三人正要留下伊茲離開之際，被她叫了回來。

她給莎莉和梅普露一人一套裝備，說：

「這是羊毛裝。聽說身上裝備羊毛用愈多，要收集的東西也掉得愈多。」

多虧有梅普露，他們的羊毛存量很充足。

奏的裝備已經用了很多羊毛，不用另外打造。

伊茲給莎莉的裝備雖然毛茸茸，但不會限制她原來的動作，外觀也很有羊的感覺，以白色為主。

梅普露的看起來就完全是羊了。

從頭到腳都是白色裝備，又和羊毛一樣毛茸茸。

「羊毛不能做鎧甲，只能這樣嘍。」

考慮到攻擊能力，梅普露仍然裝備原本的黑色塔盾和短刀。雖然和可愛穿著不搭，但也只能這樣了。

不過有件事伊茲沒說——這套裝備是她想看毛茸茸的梅普露才做成這樣的。

羊毛不能做鎧甲，一般服裝則完全沒問題。

有這樣的結果，純粹是她個人的喜好。

三人離開【公會基地】以後，各自往不同方向走。

這是考慮到需要同時賺公會獎品和個人獎品，聚在一起只會打得比較慢的結果。

梅普露一邊騎糖漿飛，一邊看藍色面板獎品列表上的所需個數。

面板還有顯示目標怪物的外觀——一頭紅色的牛。

「我速度這麼慢，好像很不適合打這個活動耶……」

即使有糖漿能騎，速度仍遠不及莎莉。

於是梅普露決定以個人獎品的個數為目標，輕鬆參與這個活動。

「要想辦法換到那個技能才行。」

她鎖定一項技能之後關閉面板查看地面，正好找到一頭紅牛。

「【毒龍】！」

梅普露從糖漿邊緣放出毒龍，再跳到地上撿東西。能在偵測範圍外攻擊，就不用擔心被怪物跑掉了。

她的攻擊威力十足，只要擊中就一定能打倒紅牛。

然而在某些狀況下，這種力量就沒用了。

「嗯……會不會有【毒免疫】的怪啊……」

一旦擁有【毒免疫】的敵人出現，梅普露的攻擊手段將大幅受限。

甚至能說乾脆逃跑算了。這對一味依賴毒系攻擊的梅普露是個嚴重的問題。

而且她幾乎是用毒或麻痺攻擊，搞得所有玩家都知道她的攻擊手段。

為了不知何時會發生的ＰＶＰ，已經有很多玩家在練【抗毒】。
對強力玩家而言，怎麼對付梅普露已經是必要考量。
若策略得宜，有機會一對一戰勝她的玩家也的確存在。
「對了……好像等級30以後可以在裝備上加一個技能嘛。」
全點【ＶＩＴ】的梅普露拿到的技能很少。
身上鎧甲都開出第二個技能格了，還是什麼技能都沒裝。
「再苦惱也沒用吧。」
梅普露在野外飛來飛去，不時下下毒雨。
「都沒有牛耶……有沒有聚在一起的啊？」
根據公告，除了魔王房和水中等少部分地區外，所有地區都會出現這種紅牛，所以梅普露往玩家可能比較少的地區走。

飛了三十分鐘。
梅普露一路盯著地面看，但還是沒打到幾隻。
移動速度慢這個劣勢真的影響很大。
但梅普露仍不氣餒，不停找牛。
不至於氣餒，是因為和糖漿悠悠哉哉地在空中飄，本身就是一件很愉快的事。

「說不定晚點再找牛……先帶糖漿散步比較好……最近都忙著做任務，沒有逛到。」

想想之後，梅普露的結論是暫停找牛，帶糖漿空中散步。

飛在天上的梅普露和地面為找牛殺紅了眼的玩家截然不同，悠然自得地欣賞著這個遊戲世界。

◆□◆□◆□◆□◆

這時候，官方人員正忙著監控活動是否有障礙發生，並談論一件事。

「梅普露這個玩家定期會做出某些常人無法理解的事，現在受到很大的關注。」

「對，沒錯。」

他們仍在考慮如何削弱梅普露。

除了強到不知所謂的防禦力和【暴食】以外，最近還多了糖漿要傷腦筋。

「這樣平衡度的問題很大，我們考慮過很多要修改的地方，包括那個莫名其妙的飛行能力。」

「也是啦。」

「不過……好像已經不需要了……」

「這是為什麼？」

「因為很多人把梅普露當成招牌玩家，把她的異常當哏來看。」

希望自己能像她一樣而加入遊戲的玩家也不少。

有的人則可能是想和她對抗，每當梅普露搞事之後，付費道具的購買量都會成長。主要是提升經驗值或技能熟練度的道具。

因此，官方決定先維持現況。

太受矚目的玩家，不是隨隨便便就能動刀。

「第三階地區的事件已經調整好了，可以在不削減梅普露飛行能力的情況下讓事件正常觸發。」

「以後也是往放生她的方向走嗎？」

「對，暫時觀察。你想想……不刻意去想怎麼削弱的話，她只是一個很可愛的玩家吧？」

「【絕對防禦】的取得條件已經改過了，不會冒出一大堆她那樣的玩家。只要沒鬧出太大條的，其實不會怎樣，再說還有幾個玩家差不多也是那種水準。」

「只是偶爾對心臟不太好，還算不上問題……暫時啦。」

「嗯，暫時是這樣……」

雖然似乎是話中有話，但總而言之，官方在梅普露所不知的地方默許了她的能力。

◆□◆□◆□◆□◆

梅普露享受空中散步時，突然聽見收到訊息的音效。

「嗯……？誰啊？」

查看誰傳的訊，結果發現總共有三條訊息。

各是來自克羅姆、霞和伊茲。

而且內容很接近，像是約好了一樣。

每條都是「努力打活動吧」之類的話。

「我已經看到一隻殺一隻了……可是速度真的太慢了。」

梅普露回訊說會繼續努力之後，繼續飛越天空。

「既然不只平原會出，就去那座山看看好了。」

接下來往遠方的山頭前進。

三人會傳訊給梅普露，是因為他們注意到一件事。

梅普露落單了。

所以勸她不要太專注在奇怪的發現上，要致力參加活動。

一沒盯緊就會突變。

結果不一定是好事。

三個人都想委婉地抑制這種狀況。

飛了一段時間，梅普露來到山上。

「這邊好像都沒人耶。」

山林陡坡上，牛並不多。

如同官方說明，這裡的確會有紅牛出沒，但位置受地形侷限。

即使沒有其他玩家，效率還是很差吧。

可是梅普露原本效率就低到極點，打死一隻的時間夠其他人打死好幾隻，這樣還是有提升。

「我在這裡自己打，感覺剛剛好。」

梅普露將糖漿收回戒指，獨自爬山打牛。

齊全的羊毛裝，讓她的效率比得上沒有羊毛裝的玩家。

「霞和莎莉能爬得很高吧？」

在【大楓樹】裡，她們的機動力最高。

既然她們也有整套羊毛裝，效率少說也有梅普露的兩三倍吧。

「照我自己的速度打吧，應該是來得及拿到技能啦！」

這時，梅普露腳下的石頭突然鬆動。

「啊！」

失去平衡的她急忙伸手抓樹。

「啊……沒救了……」

但那只讓她多撐了幾秒鐘。

倉促之間，她試著思考是否能做些什麼，人卻先滾下了斜坡。

梅普露乒乒乓乓往下滾，衝出突起的岩石飛上空中，撞穿一團草叢，滾得頭昏眼花。

「哇！停、停下來啊啊啊！」

她繼續滾了好一陣子，最後撞出一聲巨響而停止。

「嗚嗚，頭好暈……幸好有點【VIT】……以後要小心一點。」

如果不是全點【VIT】，她已經被強制送回城裡了。

問題是，她發現自己在滾動的途中不小心把【暴食】全部耗盡。

「呃……沒辦法，再打幾隻就休息了吧……嗯？」

梅普露站起來查看周圍，看見擋下她的是一棵大樹。

「喔喔……好大喔……啊。」

觀察大樹時，她注意到一件事。
樹根部位有個她手上塔盾形狀的缺口。
肯定是最後一次【暴食】的犧牲者。
「對、對不起！」
梅普露探頭往缺口裡一看，發現裡頭另外有足以把頭伸進去的小空間，一個生鏽的齒輪躺在裡面。
從缺口往樹幹內部上方看，可以見到小小的光。
表示樹裡有個狹長的洞，齒輪可能就是從上方掉下來的。
梅普露拾起齒輪。
「這個齒輪叫做……『往日舊夢』？」
沒有技能，不能裝備。
沒有效果，也沒有敘述。
梅普露想不到裝飾公會基地以外的用途。
「總之先拿走吧。再來……能治好這棵樹嗎？」
她換上白色裝備，喝點藥水補血。
「好！【慈愛之光】！」
身上頓時迸射激烈特效。

梅普露雙手發出的光芒圍繞大樹。

「……不行啊？這是我最強的補血了耶。」

【獻身慈愛】包含的技能中，有幾種治療技能。

但沒有一個能夠治療自己造成的損傷。

「真的……很對不起！」

梅普露再道一次歉之後離開該處。

「先走出森林，然後騎糖漿回去吧。」

接著換回裝備，邁開腳步。

路上遇到的紅牛都用短刀擊敗，直到走出森林。

這時，到處找牛殺的克羅姆忽然停下腳步。

「……怎麼有種不好的預感。」

第六感告訴他有狀況發生。

他舉起塔盾和砍刀小心警戒，但沒有任何人來襲。

「……是錯覺嗎？」

克羅姆並不知道那不是錯覺，他是真的感應到了發生在遠處的大事。

◆□◆□◆□◆□◆

第三次活動為期一週。

到了第五天，梅普露總算取得目標技能。

「好耶！拿到【反擊】了！」

應該有很多玩家會怕梅普露去拿這個技能吧。

但沒有人能阻止她這麼做。

梅普露要一步步地填補弱點。

而她最厲害的毒系攻擊威脅性，則因為玩家們的防範而逐漸降低。

對梅普露來說，這次拿到的【反擊】應該是相當有力的強化。

她自己也因此達成了目標。

再打下去也沒什麼好處，所以她不再為找牛傾注全力。

也拿不出什麼鬥志。

梅普露的尋牛之旅幾乎告終。

接下來就是自由行動的時候了。

假如有玩家知道這件事，八成會對她全力推銷打牛的好處吧。

說不定會圍成一圈，講得天花亂墜。

可是現在梅普露身邊，那樣的玩家一個也沒有。

「糖漿～我們去哪裡？」

即使糖漿不會回話，梅普露還是這樣問。

因為她現在不知道該做什麼才好。

由於有公會獎勵，她也不是完全不打，但莎莉、霞和克羅姆速度都很快，感覺靠他們就夠了。

「有什麼好玩的呀……不曉得有沒有超大的牛……」

地面景物逐漸被森林取代。

梅普露停止空中搜索，降落地面。

「這裡是我拿到『大天使餘暉』的那座森林……沒錯吧？印象有點模糊。」

莎莉就很會記地圖。

部分是因為她經驗豐富吧。

梅普露雖已躋身強者之列，但遊戲經歷仍是新手水準。

這裡也是不適合農紅牛的地區，靜悄悄地。

她做的事很單調，就只是到處走走，偶爾看到牛就殺而已。
走著走著，來到了眼熟的建築前。
「那時候的教堂嘛。」
她跟著進入之前沒什麼探索過的教堂。
上次拿到「大天使餘暉」就馬上離開，這次要好好看個清楚，每個角落都不放過。
「整個都破破爛爛的……有沒有古書之類的呀？」
梅普露想找的是第二次活動那樣寫了提示的書。
從長椅底下到牆角，她全都搜遍了，但一無所獲。
「再來……只剩那裡了吧。」
梅普露前往「大天使餘暉」掉落的地點。
先前擺放小瓶子的地面上，有一行小小的紅字。
站著看不清楚，於是梅普露趴下來看，還用手指觸摸。
「呃……【召喚】？」
就在她如此低語之後。
教堂地面發出紅光。
光芒愈來愈強，將牆壁和天花板都染紅了。
「呃……是怎樣！」

梅普露下意識地逃跑，但她的雙眼也被耀眼紅光占滿。

稍後光芒退去，梅普露睜開緊閉的眼。

「…………咦？咦？」

眼前依然是教堂內部的景觀，但是全變成了灰色調。

感覺很不舒服。

「這是……哪裡？」

如果事件會拖得很長，必須將「下次再來」也納入考量之中。

若要這麼做，直接登出就行了，但不曉得能不能重新進來。

必須慎重判斷。

梅普露姑且先出教堂看看。

「哇……好荒蕪喔。」

外面也是灰色世界。

蓊鬱的森林消失不見，變成能遠遠望見地平線的灰色大地。

且到處有瓦礫飄在空中，彷彿時間已經停止。

「莎莉一定會很討厭這裡……」

梅普露喃喃地踏過荒地。

並不是漫無目的。

她在遠處發現了這灰色世界中唯一不是灰色的東西。

便果決地朝那走去。

一路來到那並非灰色的物體前。

那是一個烏黑的球。

黑球似乎因梅普露接近而起了反應，表面凹凹凸凸蠢動。

最後迸散開來，有個東西伴隨黑如木炭的黏液掉到地上。

破爛的長袍底下，伸出一條尾巴。

頭上有羊一般的曲角。

他低著頭說道：

「晚餐來啦……」

梅普露因這句話提高戒心，舉起塔盾。

對方抬起低垂的頭望向梅普露，發現一件事。

「啊？妳不就是之前那個？身上有天使的力量……這下我走運啦……！我要吃了妳，提升我的惡魔階級。雖然在神殿被妳打倒，可是在這裡我就能使出全力了！」

說完，惡魔高聲咆哮。

肯定是沒有和解的選項。

非戰不可。

比起害怕或戰意，梅普露先對惡魔的話起了反應。
「咦咦咦……吃我？唔……我才要吃了你咧！」
梅普露放狠話之後擺起戰鬥架勢。
軌道脫離第三次活動以後，往異常路線不偏不倚地筆直前進。

◆□◆□◆□◆□◆

惡魔往梅普露猛衝，一拳轟然揍過來。
梅普露反應不及，拳頭直接砸在身上。
「好！沒傷害！」
惡魔的攻擊仍傷不了她的身體。
然而——
「嗯？」
有暗紅色的鎖鍊纏住了她。不難想像，那是來自惡魔的攻擊。
「這是什麼……？」
梅普露還沒弄清楚，惡魔又攻來了。
「虧我好不容易附身到一個有天使力量的女孩子，竟敢壞了我的好事！」

「我當然不能見死不救啊！唔，太快了……！」

她同樣無法閃躲而中招。

「鎖鍊變多了……！」

梅普露姑且將鎖鍊視為負面效果而暫不多想，思考怎麼避開惡魔的攻擊。

「【長毛】！」

灰色大地出現一顆潔白毛球。

梅普露縮進羊毛中央躲避攻勢，並查看鎖鍊。

「既然妳繼承了天使的力量，我就要搶過來！」

「哼～！我在這裡面才不怕你咧～！呃，嗯……【咒縛】……沒看過這種異常狀態耶。」

再進一步查看狀態內容。

【咒縛】每中一次降所有能力5％，最多疊加五次至25％。

「我現在中了兩次，所以是降了10％吧。」

每層【咒縛】持續兩分鐘，中了兩層的梅普露要等四分鐘才會復原。

「那就在這裡面等吧。」

梅普露一直在羊毛裡等到鎖鍊消失，再從毛球鑽出頭來召喚糖漿，和平常一樣讓牠飛上天空。

「【巨大化】！」

等到糖漿升至十公尺高度，梅普露讓牠的面向斜下。

確定惡魔還在打羊毛之後，對糖漿大聲下令：

「【精靈砲】！」

糖漿立刻隨命令行動，從空中射出粗大光束。

從對方打不到的位置單方面攻擊。

光線傾注大地，吞沒惡魔。

「唔，好硬喔……才打掉一成。」

惡魔似乎是真的能在這裡發揮全力，他對傷勢毫不在乎，加強力道和速度繼續攻擊梅普露。

梅普露是因為沒幾個人能撐得了幾次她的攻擊——這種塔盾玩家不應該有的戰史，再加上她不曉得基準在哪裡，才會說出「才打掉一成」，但威力已經相當強大了。

梅普露再度縮進羊毛裡思考對策。

「只伸出手放【毒龍】有搞頭嗎？可是惡魔感覺不怕毒耶。」

變成毒毛球就不能給糖漿搬運，只能原地挨打。

這種狀況是非避不可，所以用毒必須小心。

梅普露從側面探出頭和「新月」，等待惡魔。

惡魔的拳跟著打過來，可是她的頭連劍都彈得開。

拳頭不可能造成有效打擊。

「【毒龍】！」

「新月」所釋放的毒龍淹沒惡魔，將他沖開。

「毒果然對他沒效。」

雖沒有毒的附加傷害，毒龍的衝擊仍造成了傷害。

比起不用好得多，但效率不怎麼樣。

「交給糖漿好了。」

受到【咒縛】的梅普露縮回羊毛，以防萬一。

幾分鐘一次的【精靈砲】攻擊，使惡魔的血條漸漸往一半掉。

「【精靈砲】！」

糖漿的光束砲吞沒惡魔。

這一擊總算讓惡魔的血條少於一半。

「唔……煩死了！我打爛妳！打爛妳！」

惡魔全身纏繞黑光而膨脹，改變形體。

手腳肌肉隆起且巨大化，還長出更多手腳。

脖子伸長面孔消失，頭部只剩一張口水流個不停的大嘴。

變得十分醜陋的黑色惡魔放聲怒吼。

「咕嚕嚕……咕嘎啊啊啊！」

「好、好噁心喔！」

就算是梅普露，對長成這樣的怪物也沒有半點好感。

「咯咯咯！啊嘎！」

惡魔口中噴出漆黑火焰。

火焰籠罩梅普露，將羊毛燒個精光。

「咦！羊毛燒得掉喔！」

畢竟還是羊毛，能燒是理所當然的事。無論防禦力再怎麼高，羊毛本身的性質還是不變。

梅普露失去羊毛屏障而摔在地上。

惡魔張開血盆大口衝過來。

梅普露想跑也跑不掉。

「啊～」

「啊……！」

就這麼被惡魔從頭到腳整隻吞下去。

塔盾短刀掉在原地。

「嘰嘻嘰嘻嘻！」

惡魔開心地發出難聽笑聲。

進了惡魔肚子的梅普露，溜過一段狹窄的空間。

途中忽然失去支撐，噗通一聲掉進不明液體裡。

「唔……好、擠！哇！」

梅普露急忙抓住漂浮物以免溺斃。

「哇……這裡算是胃裡嗎？……鎧甲在融化了！」

慌了一會兒之後，她發現自己本身並沒有融化的跡象才鬆一口氣，冷靜下來觀察周圍。

「嗯……沒攻擊招式了耶。啊，也不是沒有。」

梅普露喃喃地說。

官方設計這個魔王時，給予他的生吞攻擊很高的傷害。

吞下去以後也會持續受到嚴重傷害，最後還掉進劇毒池裡。

就算能在劇毒池中存活，也會被不時收縮的胃擠死。

正常而言，速度慢的塔盾玩家必須靠自己的技術閃避惡魔迅速的生吞攻擊。

結果被梅普露的超高防禦和【毒免疫】正面突破了。

既沒受到能殺死三個塔盾玩家的傷害，摔進的毒池也只是溫水池。

拿來泡澡都嫌不夠熱呢。

而且在這個沒想到有人能生存的葬身之地，梅普露的鎧甲還會因為溶化而變強。

「被吃掉了耶……打死他就能出去了吧？」

說完，梅普露便往劇毒池邊際的肉壁游去。

◆□◆□◆□◆□◆

惡魔吞下梅普露已一個小時。

血條持續在減少。

行動模式隨之改變，表現出各式各樣的攻擊，但就是沒有敵人能打。

沒錯，因為敵人在他肚子裡。

「不知道ＨＰ……唔咕唔咕……扣到多少了？」

梅普露從肉壁咬下一塊肉，喃喃地說。

請伊茲打造的大天使型態用短刀，耐用度在毒池裡扣得很快，所以梅普露沒用它來攻擊。

糖漿也回到戒指裡了，只能這樣攻擊。

「跳得好厲害喔……」

即使不時被甩下肉壁，在毒池裡晃來晃去，她仍穩穩地削減著惡魔的ＨＰ。

再過一小時。

梅普露終於啃光了惡魔的性命。

惡魔發光爆散，梅普露掉到地面上。

「哎喲……呼，總算結束了。」

撿回塔盾和短刀時，她收到通知。

「還以為會是【惡魔吞噬者（Devil Eater）】……可能是因為有【獻身慈愛】的關係吧。」

打倒這個惡魔所能獲得的技能，會因有無【獻身慈愛】而改變。

即使並非預期，她總歸是獲得了新技能。

而且也是新的攻擊手段。

「【流滲的混沌】……這是……嗯，原來是這樣，感覺和【毒龍】一樣，好像很好用？」

這個技能包含三項技能。

梅普露看過說明以後就毫不猶豫地將其安裝在鎧甲上。技能格空了這麼久，沒理由不用。

「那麼……回去試招。」

如此低語的梅普露雙眼遭紅光掩覆，當光芒消失時，人已在原本的教堂之中。

「先從不花ＭＰ的開始試吧！呃……【獵食者】！」

一團黑光隨這一喊圍繞梅普露腳下，兩條黑漆漆的東西從中伸出。長約三公尺。

外型很像先前變身後的惡魔。

尖端有張大嘴，但不像惡魔有手有腳，蛇也似的直接從地面長出來。

「……會移動嗎？」

梅普露往前走，兩條黑蛇和地面的黑光也跟著她移動。

「那我們走吧！」

梅普露離開教堂。

剛出爐的惡魔走出破敗的教堂了。

走著走著，梅普露有新發現。

「喔～！有怪靠近就會自動幫我打掉耶！」

位在梅普露兩側的蛇怪，會主動咬碎其身長所及的敵人。

而且有獨自的ＨＰ、攻擊力和防禦力，火力和速度都很夠。

攻擊還附帶【咒縛】效果。

「再來……就來試要花ＭＰ的吧……【流滲的混沌】！」

使用技能後，梅普露全身流出黑光，兩側怪物變得巨大，像【毒龍】那樣向前發射。

假如梅普露對挑戰她的倒楣玩家使用這招，對方就會看到直徑兩公尺的大嘴往他咬來。

射程也夠遠。

「最後……再找機會試吧。好，【封印】。」

梅普露說出用來封印【獵食者】的咒語，兩隻醒目的蛇怪退回黑暗之中。梅普露沒有測試最後一招，往森林邊緣走。

「第三次活動……還要繼續嗎？好像不用了……」

最後，梅普露對第三次活動失去興趣，到活動結束只多打幾頭牛而已。

後來梅普露沒有再做什麼特別的事，第三次活動平安落幕。

這之後，所有人聚到了【公會基地】裡。

「啊……好累喔。」

莎莉放鬆全身靠在椅背上。似乎是真的很累，無精打采。

「就是啊……我也好累。」

霞趴在桌子上。

莎莉和霞殺的牛特別多，自然特別疲憊。

接著是克羅姆和奏。

梅普露一點也不累。

除伊茲外，梅普露的殺牛量是最後一名，最後還只是在杳無人蹤的森林深處玩她的【獵食者】，當然不會累。

「梅普露，這次很辛苦吧？」

「我實在提不起勁……」

「這也是沒辦法的事。對我們這種來說，這次活動很難打。」

克羅姆說得沒錯，這次活動對【ＡＧＩ】低的玩家很不友善。

梅普露就更慘了。

「不過呢，我們拿到最高級的公會獎品了。」

如奏所言，其他四人彌補了梅普露的不足，衝到了最高級獎品。

「已經送到【公會基地】嘍。」

伊茲拿出獎品。

一個能掛在牆上的牛頭標本。

效果是【大楓樹】所有成員的【ＳＴＲ】提升３％。

「會跟其他效果疊吧。」

「對，有疊。」

「對我沒用……喔不，有用耶！」

一聽梅普露這麼說，奏以外的四個人臉色丕變。

梅普露的【ＳＴＲ】應該是零才對，怎麼會有用呢。

於是，四個人都想到了同一件事。

「梅普露……妳在活動期間跑去哪裡了？」

「我都在第二階啊？……大概吧。」

梅普露不曉得那個灰色世界算不算第二階。

莎莉和霞一手扶額表示絕望。

克羅姆和伊茲也為自己無法阻止她而扼腕。

「……最近要開放第三階地區了，打地城的時候秀給我們看吧。」

所有人都猜到梅普露又幹了某些好事，得到了稱不上普通的技能。

事實也真是如此。

不過，那個技能不是【獵食者】也不是【流滲的混沌】，而是梅普露當時保留下來的最後一個技能。

第三階地區將在三天後開放。

◆□◆□◆□◆□◆

開放後過幾天，梅普露一行人來到通往第三階的地城。

含伊茲在內共六人。

組隊上限人數是八人，憑現在的公會人數組成一隊還有剩。

有這樣的成員，現在不管哪座地城都是隨他們蹂躪吧。

而實際上，路上光靠奏支援莎莉、克羅姆和霞三個就綽綽有餘了。

梅普露完全沒有參與戰鬥，專心保護伊茲。

「好，到魔王房了。」

「趕快把王打掉吧。」

「好，我們走。」

霞說完就推開門，全隊一起進去。

魔王出現在房間最深處。

魔王擁有樹木的外觀，其樹幹上長了一張臉。

由於第一階的魔王同樣是樹木型的怪物，會結出產生護壁的果實，所以梅普露幾個先查看有沒有那樣的果實，結果並沒有。

「那我先上喔。【嘲諷】！」

梅普露邁向魔王。

魔王以根蔓和樹枝上下交擊，但是對梅普露沒有作用。

一路挺進的梅普露來到了魔王正下方。

「【獵食者】【毒龍】【流滲的混沌】！」

梅普露兩側出現蛇怪，毒龍將樹幹汙染得亂七八糟，最後爆衝的蛇怪還把樹幹咬掉兩大塊。

ＨＰ一截截地掉。

兩條蛇怪的攻擊毫不停歇。雖然ＭＰ耗得很凶，不過魔王打完就沒事了，不用保留。

樹魔王開始發狂，攻擊那兩條蛇怪。

「【獻身慈愛】！」

梅普露獻上ＨＰ張開天使之翼，承受並消除蛇怪會受的傷。

接著迅速取出藥水補血。

其他五人都在房間角落看她表演。

「那是……那是怎樣？在我看來，不管說得再怎麼委婉……那都算怪物了吧？」

「這樣啊……原來是這種感覺……」

「為什麼每次看到她，她身上東西都會變多呢……」

「看她正常運作，我就放心了。」

「幸好她和我們一國……幸好。」

五人就這麼接受了梅普露新的進化。

然而，梅普露還有一招沒用。

她就是打算留到這時候用，沒有不用的道理。

「好……【暴虐】。」

小聲這麼說之後，黑色光芒包覆梅普露全身。

接著一道黑色光柱向上衝騰，然後再凝聚為實體，其外觀與梅普露兩旁的蛇怪很接近。

不同的是多了好幾條手腳。

同時，梅普露兩側的蛇怪也不見了。

怪物衝上去抓住樹魔王，嘴巴噴出火焰。

火焰似乎很有效，樹魔王根枝並用地想打退怪物，甚至用上魔法。

但樹魔王別說逼退怪物，就連一滴血也沒打掉。

怪物抓碎樹幹，踏出窟窿，用只有嘴的頭大咬一口。

樹魔王奮戰了一會兒，最後不支倒下。

然後怪物朝莎莉幾個慢慢走去。

嘴湊向緊張戒備的五人——

「哎呀……這個好難控制喔！」

見到怪物這麼說，所有人腦袋都當機了。

「梅、梅普露？」

「嗯，是我啊？」

帶著雜訊說話的怪物就是梅普露。

在眾人腦中一團亂時，莎莉問她能不能恢復原狀。

「嗯……等一下喔。」

幾秒後，怪物肚子嗶哩哩地裂開，梅普露從裡面掉出來。

人一出來，怪物的形體就崩潰消失了。

梅普露拍拍灰塵，向其他五人走去。

「能請妳盡可能跟我們解釋這是怎麼回事嗎……」

這次實在太誇張，連莎莉都無法接受，一臉的困惑。

「這個嘛……那會取消所有裝備效果，然後【ＳＴＲ】跟【ＡＧＩ】加50，ＨＰ變1000，ＨＰ扣光以後只是變回原來的狀態……」

缺點是需要犧牲裝備的增益效果和技能，而且一天只能用一次。

梅普露可以在將死之際用這一招當緊急迴避技。

「啊啊……她終於完全放棄當人了。」

「就是說啊。沒有懷疑的餘地。」

這不是比喻，梅普露真的變得跟怪物一樣。

「很難控制……感覺很像穿了超大的布偶裝？」

梅普露在那個狀態下做不出細微的動作。

「不過……之前那個就已經很恐怖了。」

莎莉從那兩隻蛇怪長出來時，就覺得這次也很糟糕。

「連我也看得出這實在很不正常。」

「嗯……速度比騎糖漿快……」

「我是覺得不要用這個趕路比較好喔。」

不然畫面會從少女溜蛇怪，變成突然有猙獰怪物在野外跑來跑去。

「先在山裡練習到運用自如以後再來實戰喔。」

「看到的人都會誤會吧……」

技能都拿到了，說什麼也於事無補。

所有人跟隨梅普露邁向第三階。

第三街地區的城鎮，是個滿布灰雲，充斥機械與道具的地方。

【大楓樹】成員抵達城鎮後，注意到一件事。

一件明顯不同以往，任誰都會發現的事。

「大家都在飛耶。」

如梅普露所說，幾乎所有玩家都搭乘著各式各樣的機械在天空飛。

「是道具嗎？」

「嗯……是不是那個？」

莎莉所指之處擺放著許多機械，玩家能用金幣購買。這時候正好有個玩家買下一台有藍色燈飾的機械，背起來飛上天。

「又來到一個奇怪的地方了呢。」

「就是啊。我們也到天上探險吧。」

學到第三階城鎮的常識後，【大楓樹】一夥人前往第三階的【公會基地】。

第五章　防禦特化與招新血

六人進入第三階的【公會基地】，查看格局與裝潢的異同。
充分熟悉後，所有人到公共空間集合。
「喔，梅普露！我有事找妳。」
「什麼事啊，克羅姆大哥？」
「剛剛有公告說再過一陣子會辦公會對抗型任務，要我們做好準備。然後問題來了……」
「什麼問題？」
「時間好像會加速。考慮到當天可能有人不能上，我想……再多找幾個人可以解決這個問題。」
克羅姆說得沒錯，目前含並非戰力的伊茲在內，【大楓樹】只有六人。
不管少了誰，攻略難度都會提升很多。
「嗯……就是說啊。好，我也覺得應該再找人進來。」
克羅姆獲得了梅普露的贊同。

即使梅普露遊戲資歷淺，也曉得人數不夠會是問題。
「我是可以找朋友進來啦……可是我覺得這種事應該讓會長決定。」
所謂的朋友，也包含討論區上那群人，但克羅姆不是會長，不打算強求。
「那妳明天要不要和我一起去找人？」
莎莉拍拍梅普露的肩問。
「嗯……好哇！我們去找！」
兩人就此決定明天去找新會員。

隔天，兩人上街物色對象。
「要怎麼找？」
「先看看布告欄吧，有很多公會在那裡招人，或是人在找公會。」
「那就過去看吧。」
梅普露跟隨莎莉前往布告欄的所在地。

梅普露一到布告欄前就馬上從最新留言開始瀏覽，滿滿都是【招攻擊型】【需抗毒能力】等標註。
「現在攻擊型好夯喔，真的比較痛快對不對！」

「……是沒錯啦。」

莎莉也看了看布告欄，不過能成為即戰力的人本來就不會在這裡找隊。

「嗯……失算了。好像只有第一階的低等玩家。」

梅普露看莎莉的視線離開布告欄，也不看了。

「那我們直接去第一階怎麼樣……？」

莎莉覺得能在第一階獲得戰力的可能很低，但也知道天下沒有不勞而獲的事。

「嗯，走吧。總比在這裡好。」

兩人剛進第三階沒多久就又返回了第一階。

走在許久不見的第一階城鎮裡，梅普露發現一件事。

「話說……走得慢的人怎麼這麼多？」

梅普露沒看錯，到處都見得到走得慢的玩家。

「因為很多人受到妳的影響，只點一個屬性啊。」

「咦？有、有這種事？」

「而且大部分都會砍掉重練。」

莎莉對目前的遊戲環境有點概念。

梅普露當然沒有，聽了很吃驚。

「咦！為什麼！」

「因為速度慢很難躲攻擊，ＨＰ又低，還有其他有的沒的……然後最大的問題是那種玩家體會到那樣什麼都不行，很少有公會或隊伍願意讓他們加入，這樣樂趣就減半了。」

目前玩全點型還能存活的強力玩家，只有梅普露一個。

由於無法複製她的經歷，仿效者沒有一個追得上。

「感覺好像做了壞事……」

「不用在意啦，誰都會崇拜厲害的人嘛。現在只是他們做得不夠好而已。」

「嗯……這也是沒辦法的事。」

「啊……我們也在布告欄上貼招新血文吧。」

「嗯，先這樣吧。」

莎莉比較擅長這種事，所以主動往布告欄走。

獨自留下的梅普露找張空長椅，坐著等她。

「啊……受我的影響啊……」

有很多玩家挑戰全點型的現象，讓梅普露很在意。

所以對某些關鍵字變得很敏感。

「嗚嗚……找隊又被拒絕了……全點型真的不行嗎……」

「不要難過嘛，姊姊！……反正我們才玩沒多久，重練也沒關係啊？」

「可是……」

來自右方的對話使梅普露轉頭過去看。

接著站起來，走到仍在對話的兩名少女身邊問：

「妳們好啊！呃……方便問一下嗎？」

一聽見梅普露的聲音，兩人同時轉過去。

她們的身高、長相和武器都一模一樣，任誰的第一印象都會覺得她們是雙胞胎。

不同點是，鼓勵姊姊的玩家是白髮，另一個是黑髮。

白髮玩家回答梅普露說：

「咦……什、什麼事？」

「那、那個……」

結果梅普露不知道說什麼才好。叫住她們本來就沒有明確理由，只是想挽留為沒人要而難過的同類玩家而已。

「我們有點趕時間，所以……」

「啊，我……對、對了！妳們願意加入我這隊——喔不，我的公會！要加入我的公會嗎！」

「……咦？那個，謝謝妳的好意啦，可是……妳的等級很高吧？我們裝備都很爛……真的可以嗎？」

少女覺得自己幾乎是新手裝，配不上梅普露。

「沒關係沒關係！我自己就是會長！還有很多空位喔！」

基本上，梅普露可以全權決定是否招收新會員。

再說【大楓樹】裡沒人會反對她們加入。

「梅普露，我回來啦……她們是誰呀？」

「啊，莎莉妳回來啦！這兩個是我剛加進來的！」

「這樣啊……妳ＯＫ我就ＯＫ啦。再說，妳一個人的時候做的事都會有很神奇的結果。」

「咦……真、真的嗎？」

「嗯。那我們去第一階的公會基地吧，到那裡再聊。」

「好哇。跟我們來吧？」

「「好、好的。」」

兩人乖乖跟著梅普露和莎莉走。

在兩名少女即將放棄之際，上天伸出了救援之手。

讓她們邂逅了唯一成功的全點型玩家。

◆□◆□◆□◆□◆

梅普露等四人一進入第一階的【公會基地】就面對面坐下來開始聊。
莎莉途中已經先繞去刪除布告欄的徵人啟示，暫時不會再有新人進來。
這類對話都是由莎莉包辦，所以很快就問完了基本資料。
白髮玩家叫結衣，黑髮玩家叫麻衣。
等級都是四，一個技能也沒有。
兩人都以巨鎚為武器，有她們嬌小身材的1．5倍長。
「那個……妳們都是全點型吧？」
梅普露為確定而問。
「對，我和姊姊都是全點【STR】。」
兩人全點【STR】是因為在現實缺乏力氣和體力，希望能在遊戲裡盡情跑跳。
「嗯……跟梅普露有點像耶？」
「哈哈哈……真的。」
梅普露也不介意與兩人同樣屬性在遊戲裡的利弊。
她們不認識梅普露，也是因為她們並不是憧憬她才玩極端點法。

「梅普露……也是極端點法嗎？」

「嗯，對呀。我全點【VIT】！」

兩人聽得十分驚訝。

因為她們從沒見過極端點法的成功玩家。

「其實……梅普露她算是……不太能作參考啦……」

梅普露似乎也這麼想，沒有反駁。

「怎麼樣，莎莉？加她們沒關係吧？」

「嗯，可以呀……只要有梅普露在，全點【STR】的缺點就幾乎不見了……只要在這一個月內等級練起來，狀況就好很多了吧。」

經過莎莉同意後，結衣和麻衣入會的事就敲定了。

等她們登錄資料，就是【大楓樹】的正式成員。

因此，需要將她們的活動範圍拓展到目前【大楓樹】所在的第三階地區。

「妳們接下來有空嗎？」

「咦？啊，對，我有空。姊姊也有吧？」

「對，我也有空。」

「那就跟我和梅普露一口氣衝到第三階吧。」

「「咦、咦咦！」」

梅普露和莎莉就這麼把錯愕的兩人拉到城外去。

出了城門，莎莉轉頭對梅普露說：

「梅普露，用那個吧～」

「收到！」

梅普露應要求叫出糖漿，讓驚訝的兩人也坐在糖漿背上飛上天空。

「不要掉下去喔。」

叮嚀是叮嚀了，但兩人已經被連續的震驚炸到恍神。

「這還是剛開始而已喔……要早點習慣才行。」

莎莉先開始替她們做安排。不只是梅普露，【大楓樹】還有很多能力卓越的玩家，能驚訝的事肯定還多得很。

適應梅普露——這就是【大楓樹】的新人頭一個要面對的課題。

四人一路直衝通往第二階的魔王房，開門進去。

「唔唔……死掉的話對不起喔。」

麻衣小聲說，可以聽出她很不想扯後腿。

「呃……不會有那種事。」

「【獻身慈愛】！」

梅普露如此叫喊，頭髮變成金色，長出天使之翼。

兩人的腦袋當然因而凍結。

已經是不曉得什麼狀況的感覺。

「這次我來打，妳們坐著等吧。」

「收到！加油喔！」

梅普露就這麼帶她們到房間角落。

「…………！讓、讓莎莉一個人打沒關係嗎！那、那是魔王耶！」

結衣湊近梅普露問。

「放心放心，我還沒看過莎莉受傷咧。」

「「…………咦？」」

「開始嘍。」

梅普露所指之處，莎莉叫出了朧，正往鹿魔王跑去。

打過的王當然傷不了莎莉，只見她扭腰屈身閃避攻擊，迅速縮短間距。

「朧！【影分身】！」

莎莉的身影隨這一喊分成五個，從不同方向攻向鹿魔王。

這讓梅普露也嚇一跳。

「朧學會這種招式啦……」

「莎、莎莉好厲害喔！為、為什麼能那樣躲啊！而且還分身了耶！」

結衣激動得對梅普露這麼說。

「不知道耶……？這部分我也搞不懂……」

這當中，莎莉周圍提升攻擊力的靈光逐漸增強。

在魔法、匕首與朧的火焰所交織的攻勢下，鹿魔王十分鐘出頭就倒下了。

莎莉結束戰鬥，其餘三人來到她身邊。

「朧也變得好強喔～」

「還好啦。趕快去解決第二階魔王吧。」

四人一進第二階地區就直衝地城。

「這次我不打喔。」

「嗯，ＯＫ～」

第二階魔王就交給梅普露單挑了。

莎莉的話讓結衣跟麻衣很緊張。

這也難怪。因為她們只知道梅普露裝備塔盾，又是全點【ＶＩＴ】。

儘管她們知道【獻身慈愛】為她們帶來的防禦力，但梅普露這一路都沒有參與戰鬥，缺乏讓她們覺得很強的表現。

梅普露對她們的擔憂渾然不覺，開門就往魔王走。

「莎莉，妳還是去幫她比較好吧……」

「我、我也這麼想。」

「嗯……好新鮮的反應喔。」

莎莉說不定是頭一次見到為梅普露擔心的玩家。

梅普露的名氣就是這麼大。主要是當成威脅。

「妳們覺得我打得很厲害嗎？」

「「咦……對、對呀。」」

非比尋常的閃躲能力，強力技能。

問一百個人，有一百個會認為莎莉與鹿魔王的戰鬥很驚人。

「接下來，妳們即將見證不屬於這個世界，無法用常理解釋的戰鬥。」

要她們注意看之後，莎莉也注視走向魔王的梅普露。

聽得不知所以的兩人，在幾十秒後明白了一切。

「莎莉要我全部秀出來，那就……糖漿！」

梅普露叫出糖漿並【巨大化】，升上天空。

魔王趁隙擊中梅普露，但沒有傷害。

「【毒龍】【流滲的混沌】！糖漿，【精靈砲】！」

三頭毒龍、怪物巨口和閃耀光束同時痛擊樹魔王。

當魔王退縮時，梅普露一邊抵銷攻擊，一邊揮掃塔盾。

【暴食】將樹幹挖掉一大塊。連續大招使魔王的ＨＰ快速減少。

而梅普露的攻擊仍未結束。

「【獵食者】！【獻身慈愛】！」

出現於梅普露兩側的蛇怪撕咬魔王。

同時她張開天使之翼，保護蛇怪。

魔王咆哮著用樹枝和魔法攻擊梅普露和蛇怪，但全都無疾而終。

「【暴虐】！」

從梅普露向上衝騰的黑色光柱聚成實體，化為巨大怪物。

怪物吐火、啃咬、撕裂，將魔王大卸八塊。

簡直是單方面的蹂躪，已經不曉得誰是魔王了。

「呼……搞定搞定。」

「梅普露，妳先恢復原狀吧。」

「啊，抱歉抱歉。」

梅普露從怪物腹部掉下來，怪物消失不見。

「好啦，往第三階前進！」

「走吧。」

莎莉應話後，梅普露率先前進。

接著莎莉對結衣和麻衣說：

「她是我們的最高戰力喔？我看起來很普通對不對？」

「「…………」」

腦袋超過負荷而當機的兩人傻眼呆在原地。

「不過妳們跟梅普露有些共通點，說不定……也會變成那樣喔。」

莎莉牽起結衣和麻衣的手，邁向第三階。

第六章　防禦特化與強化

梅普露來到第三階【公會基地】，笑呵呵地向所有人介紹新加入的結衣和麻衣。

結衣和麻衣今天到這裡就準備下線了。

「雖然妳們在路上升了一點級，但還要很多級才夠……嗯……妳們和梅普露下次什麼時候能一起上線？」

三人討論之後定下了日期。

「梅普露，耳朵借一下。」

「嗯～？怎樣怎樣？」

莎莉對梅普露耳語幾句。

「…………ＯＫ～！」

「要準備好喔。」

「嗯，知道了。」

梅普露和莎莉的對話讓結衣和麻衣頭上都冒出問號，這天就此解散。

到了相約的那一天，三人準時上線。
莎莉將道具交給結衣和麻衣。
「來，給妳們的。」
那是能遮住整張臉，看不見長相的頭部裝備。
「要照梅普露講的去用喔。」
兩人點點頭。
「那妳們跟我來吧。」
「「好、好的！」」
梅普露帶著她們姊妹倆離開公會，而留下的莎莉還有事要做，不會這樣就下線。
「克羅姆，你也要去打那個啊？」
克羅姆正為其他目的要離開公會基地時，莎莉過去搭話。
「是啊，霞也去打了。」
現在是夏季，在這段時間，所有怪物都有低機率掉落「西瓜」。
蒐集「西瓜」可以換取公會的增益效果。
也就是提升屬性。這次能換的，最多可以將【STR】【AGI】【INT】各提升十。所謂積沙成塔，每次都升到最滿，肯定會累積成無法忽視的數字。
「梅普露帶她們去升級，那我們就來強化公會是吧。」

「不曉得她們回來會變怎樣……不是去拿【獨特裝備】的吧？」

「是啊，總之先練等再說。我請她們到第一階去，這樣比較不會被人看見……」

要避人耳目，莎莉當然是有她的理由。

克羅姆聽了以後也苦笑著贊同。

這時，梅普露來到了第一階中幾乎看不到玩家的地方。

就是她與毒龍大戰的那個地城門前。

「我們要打這個地城嗎？」

「嗯，沒錯。妳們都把那個戴起來吧？」

兩人乖乖戴上新裝備。

蓋住臉以後，別人就認不出來了。

「【獻身慈愛】！」

梅普露長出天使之翼，頭髮在神聖光輝中變成金色。

見識過這變化的兩人不再驚訝，反而是覺得好美。

「【暴虐】。」

然而，感動也只是一瞬之間。

梅普露轉眼變成醜陋的怪物，翅膀也消失不見，只留下【獻身慈愛】的效果。

「上來！啊，要記得打一下魔王喔。」

和梅普露不同，【STR】強健的兩人攀到原本是梅普露的物體背上。

「啊，對了。被人看見的時候，我會徹底裝傻扮怪物，配合一下喔～」

遮住她們的臉孔，是為了不讓人查出她們是什麼公會，進而讓人從梅普露所變身的怪物聯想到她。

王牌必須藏到對抗賽以後才行。

「「咦？」」

「咕嘎！嘎嘎嘎！」

梅普露說完就往洞窟裡衝。

雖然沒必要入戲成那樣，可是情緒一來誰也無法擋。

梅普露一路輾殺怪物，打開魔王房門直衝毒龍。

可憐的毒龍和第一戰一樣，被她生吞活剝了。

結衣和麻衣在毒龍死前都沒有忘記補一鎚，順利升級。

接下來很重要。

和上次不同，梅普露眼前出現兩個魔法陣。

一個往城鎮，一個往地城入口。

莎莉講過，同一座地城二度攻略成功以後，會多一個通往地城入口的魔法陣。

梅普露選擇的就是返回入口。

當玩家離開地城，魔王就會復活。

沒錯，這次目的就是狂刷毒龍地城。

以第一階而言，毒龍地城難度高得誇張。

而且離城鎮很遠，現在嘗試全點型的玩家又多，根本沒人來。

更重要的是，毒龍地城入口到魔王房的路程特別短。

再適合梅普露不過了。

於是她就這麼在沒其他人的地城裡肆虐，撕咬毒龍。

結衣和麻衣的等級不斷上升。

熟記路線的梅普露沒有任何遲疑，也沒有同樣莫名其妙的人物能阻擋她的腳步。

梅普露以一輪三分多一點的驚人速度狂刷地城。

查看最近一圈花了多少時間時，她突然有個想法。

沒錯。

她希望能在三分鐘以內達成。

沒有特殊理由，就只是再快幾秒就能擠進三分鐘。

重複作業的過程中，她開始從其他地方發現樂趣。

盡量縮小過彎角度，遠遠就用火焰燒掉會擋路的怪物，避免耗費無謂時間。
用最快速度開啟魔王房的門，全力打倒魔王。

銘記重點再試幾次之後，梅普露終於縮短到三分鐘之內。
且感到還能再加快。
在於打倒毒龍的部分。
她的想法是讓結衣和麻衣盡全力攻擊來縮短時間。
實行幾次之後。
在某一次結衣和麻衣升級而攻擊力獲得提升後，她們終於成功打進兩分三十秒。
「好耶──────！」
梅普露用帶有雜訊的聲音歡呼。
沒有任何報酬，但成就感已讓她滿足。
「「梅普露！梅普露！」」
「嗯？怎樣？」
「「妳看……」」
梅普露查看兩人秀出的屬性畫面。
臉上沒眼睛，但不知怎地還是看得見。

「呃……【破壞王】？【侵略者】？」

「呃……【侵略者】是要在一定時間內打倒一定數量的魔王，還需要很高的【STR】。【破壞王】是因為打得夠快，同樣需要很高的【STR】。」

【侵略者】

持有此技能使你的STR增為兩倍。提升【VIT】【AGI】【INT】的所需點數增為三倍。

取得條件

在一定時間內打倒一定數量的魔王，同時【STR】一百以上。

梅普露雖能用【暴虐】提升屬性，但那不是她本身的屬性，不可能拿到。

經過結衣和麻衣的詳細說明後，梅普露了解到一件事。

也就是說，【侵略者】其實是【絕對防禦】的【STR】版。

「嗯……霞好像不需要，克羅姆大哥也不會要，莎莉也不喜歡這種缺點吧。」

公會裡有兼顧攻擊力的成員也很注重其他屬性，應該不歡迎會使成長受限的技能。

「【破壞王】的話……感覺好厲害喔。」

【破壞王】

可以用單手裝備原本需要占用雙手的武器。

取得條件

在一定時間內攻破地城，同時【ＳＴＲ】一百以上。

也就是說，能像雙刀那樣兩手各拿一支巨鎚。

「我們多打幾輪再回去吧。」

「「好！」」

◆□◆□◆□◆□◆

刷了無數次毒龍地城後，三人終於收工回去。

梅普露放下背上的結衣和麻衣並恢復人形，伸個大懶腰。

「呼～好累喔～不過打得好過癮。」

「啊，那個，謝謝梅普露！我們升了好多級喔！」

結衣轉過身來深深鞠躬，麻衣見狀也鞠躬道謝。

「嗯，太好了！不過，我聽說遊戲還有等級更高更高的人，我這樣還算低的……莎莉說最高的有61喔。」

「六、六十一……？真、真的好厲害喔……」

「姊姊現在幾級呀？」

兩人聞言驚訝得睜圓了眼，而等級話題勾起結衣的聯想，問她們現在有幾級。

「應該和妳一樣吧……那個，20級。」

麻衣以仍不熟練的動作打開屬性視窗給結衣看。

結衣也打開自己的屬性視窗，然後露出臨時想起些什麼的表情。

「啊，對了！要不要給梅普露看一下我們的屬性？姊姊，可以嗎？」

「這個嘛，我……嗯，沒關係。」

麻衣點頭說。

兩人走近梅普露，各自秀出屬性視窗。

麻衣

Lv20　HP　35／35　MP　20／20

【STR　160〈+25〉】【VIT　0】
【AGI　0】【DEX　0】
【INT　0】

裝備

頭　【空】　身體　【空】
右手　【鐵巨鎚】　左手　【鐵巨鎚】
腿　【空】　足　【空】
飾品　【空】
【空】
【空】

技能

【侵略者】【破壞王】

結衣

Lv20 HP 35／35 MP 20／20
【STR 160〈+25〉】【VIT 0】
【AGI 0】【DEX 0】
【INT 0】

裝備

頭 【空】 身體 【空】
右手 【鐵巨鎚】 左手 【鐵巨鎚】
腿 【空】 足 【空】
飾品 【空】
【空】
【空】

技能
【侵略者】【破壞王】

她們的技能和屬性如同外表，是一模一樣。
「啊，妳們沒有用技能戰鬥，是因為本來就沒有啊。」
「對呀……每次都還沒打到怪物就死掉了，賺不到買卷軸的錢……」
「我和姊姊也拿不到能靠打怪物拿的技能，所以想找公會……」
基本上，怪物的攻擊速度都不慢。
若不是像梅普露這樣能搶先大範圍灑毒，就必須閃避敵人的攻擊。
梅普露不需閃避，歡迎怪物接近，但結衣和麻衣就不行了。
「想到野外採東西賣，也因為跑不過怪物而馬上死翹翹……」
「所以我們差點就要重創角色了。」
而且她們一開始還將升級武器擺在買技能之前，若沒人帶練會非常艱苦，幸虧邂逅梅普露才有大幅前進。
強到可以維持全點【ＳＴＲ】。
「再來……就請伊茲姊幫妳們做裝備吧。呃，等我一下喔。」

梅普露叫出藍色面板，更換裝備。

穿上伊茲打造的白色鎧甲。

「這是我最近請她做的裝備！她還有幫我做盾牌喔，妳們也請她做一下吧？」

「可以嗎……我們沒錢耶……」

麻衣看著現金數目和道具欄裡的材料不安地說。

雖然結衣和麻衣道具欄裡的材料是前所未有地多，但梅普露所裝備的鎧甲和盾牌相當豪華，怎麼看都付不起。

結衣似乎也是這麼想，表情有些黯淡。

而梅普露則是笑盈盈地對她們說：

「放心放心！我沒錢的時候也請她做過！而且不夠的分我也可以幫忙出呀。像莎莉也幫過我。」

梅普露回想著請伊茲打造【白雪】那時這麼說。

「呵呵呵，我們還有很多事要做喔！不過現在呢……我們先回第三階的【公會基地】吧，還要弄裝備呢。」

梅普露拿出會長風範立定計畫，兩人齊聲答是。

「新技能的事也要給公會裡的人知道吧！」

「有那兩個技能就已經是即戰力等級嘍。」

「是的話就……太好了。」

三人一邊聊，一邊走人少的路線歸返。

回到【公會基地】時，剛回來的霞正在和莎莉對話。

兩人注意到梅普露她們回來而暫停，上前關切。

「回來啦。練得怎樣啊，梅普露？她們有升到級嗎？」

「那當然！雖然沒有說高到很厲害……可是升了很多喔！」

「不用急啦，還有一點時間。一次升到第三階等級也太累了。」

兩人聽梅普露說她們升到了20級，都滿意地點點頭。

在梅普露問霞和莎莉有什麼技能適合讓結衣和麻衣學時，結衣突然靠過來，在眾人注目下說：

「那、那個！我們這次先拿到這兩個技能了！」

「嗯～我看看？」

「我也來看一下。」

霞和莎莉跟著查看結衣的技能。這兩個在梅普露協助下獲得的技能，強大到足以大幅改變她們的強化方向。

「咦？這樣啊，我知道了，謝謝妳給我們看。」

「不好意思啊。」

兩人離開結衣身邊，盯著梅普露看。

「咦？怎、怎樣？」

「哎呀～不曉得該說是預料中的事還是超出預期耶……」

「是已經超越我的預期了……」

「總之呢，既然有那種技能，我們也該想想再來該怎麼做才行。」

莎莉原以為結衣和麻衣還要一陣子才算得上是真正的戰力，但是被梅普露拉拔成即戰力之後，讓她改變了想法。

「嗯，妳們有一個技能叫【破壞王】？既然有那個，不早點準備裝備就可惜嘍。」

「啊！對喔對喔。我們回來也是為了湊裝備。」

「伊茲應該在裡面，我去叫她過來。」

霞快步往裡頭走，不一會兒就帶伊茲回來了。

「那個，妳們是結衣跟麻衣吧？」

「「對，沒錯！」」

「那麼，可以讓我看一下技能嗎……？」

兩人隨伊茲請求展示屬性畫面。將攻擊力特化至極限的能力值，以及唯二的攻擊輔助技能進入伊茲眼中。

讀過【破壞王】內容後，伊茲點個頭說：

「我懂了。那先來一把……喔不，我們公會裡還有剩，換這個吧。」

伊茲從道具欄中一共取出四把巨鎚，一人分兩把。

「拿去，先用這個吧。可以讓妳們比較容易打中喔。」

結衣和麻衣開始檢視剛取得的巨鎚能力。

「水晶榔頭」

【ＳＴＲ　＋25】【增加體積】

【增加體積】

增加具有此能力的物體體積。

持續時間三十秒。每一分鐘能使用一次。

說穿了就是使巨鎚前端巨大化，讓人更容易擊中目標的技能。

兩人在攻擊時一失手就可能造成致命傷，所以這技能對她們很有幫助。

「呃，真、真的可以嗎？」

「就是啊……這麼厲害的武器……」

「沒關係。厲害歸厲害，可是我們公會裡沒人用這種武器，擺很久了。而且……」

「「而且……？」」

「我還要做更好的裝備，要跟妳們討論怎麼做呢。」

什麼都拿伊茲的讓結衣和麻衣覺得有所虧欠，不知如何是好地看著彼此。

「沒關係，妳們就儘管拿去吧。就像是先行投資那樣。只要妳們能用這些裝備幫上大家的忙就好了。」

聽伊茲這麼說，兩人下定決心般頷首回答：

「「好！我們一定會幫上忙的！」」

「呵呵。那我們就從設計外觀開始，跟我來工坊裡談需要怎樣的裝備吧。」

伊茲就這麼往她原本待的工坊走。

「呃，謝謝大家！」

「我們會加油的……！」

兩人一起朝霞、莎莉和梅普露鞠躬道謝，並在她們三個的揮手目送下走進【公會基地】裡頭的房間。

「呼……話說梅普露，妳到底是怎麼把她們練成那樣的？」

「是啊，妳是怎麼弄的？」

「就是用【暴虐】狂衝山洞啊！用撞的把怪物幹掉……想辦法比前一次更快嘍！」

梅普露腦袋瓜裡的最佳打法似乎大多是一般人不太會想的事。

也就是稍微偏離了既定常軌。

「對了，她們打起來是什麼感覺？」

莎莉的問題使梅普露歪起了頭。

「我想想，攻擊力和迴避力大概是怎樣咧……」

為了回答莎莉的問題，梅普露努力回想刷地城的過程。

「嗯……那隻龍不太會動，不太好參考。可是好像沒有特別厲害？大概吧。她們都說自己很難打倒怪物。迴避嘛，唔……和我差不多？」

梅普露回想著分享資訊。

聽完以後，莎莉表示那跟她想像的差不多。

「【ＡＧＩ】是零，難躲也是沒辦法的吧。又沒有盾牌。這樣的話，我就是負責一點閃躲跟攻擊的技巧吧。」

既然梅普露幫她們提升角色等級，那麼莎莉就要幫她們提升技術面的等級。

「雖然在這個公會，不會迴避也好像活得下去……可是自己會閃當然是最好。」

【大楓樹】有個用塔盾的最高戰力。

梅普露最近還學會【獻身慈愛】，提升了結衣和麻衣的防禦力。
只要能存活下來，她們八成也會蛻變成令人聞風喪膽的人物。
「未來精彩可期啊。」
「我也要做好準備，當一個好老師才行。」
「我也要趕快升級了……好忙喔！」
「有得忙不是比較好玩嗎？」
「大概吧！」
要做的事愈來愈多，梅普露卻笑得更開心了。

梅普露三個對話時，結衣和麻衣跟著伊茲來到她的工坊前。
「就是這裡，進來吧。」
伊茲開門進房。
裡頭是個大房間。
一個角落有張看似用來設計裝備的大桌，武器防具掛在牆上，還有許多鍛造工具與其成果。
還有一角像是用來製造藥水，有許多燒瓶等容器、裝各種寶石水晶的木箱、有不明植物的種植箱，以及縫紉機等用來製造各式物品的用具。

伊茲拿兩張椅子過來，自己反向坐在工作台前的椅子上。

「來，請坐。來討論需要什麼樣的裝備吧。」

「好！」

「麻煩妳了。」

「我想想，就先從最簡單的地方開始吧，也就是裝備的能力。」

「姊姊，要怎麼配？」

「怎麼配啊……既然拿到那種技能……就繼續提升攻擊力？」

兩人原本有打算放棄極端點法的念頭，是遇見梅普露之後才找到繼續走下去的路。

所以兩人很猶豫。

思考怎樣最能幫上公會的忙，使她們不知從何配起。

「猶豫的時候，選自己喜歡的最穩。梅普露也是這樣。」

見過幾個選自己所愛的案例，讓伊茲感嘆地說。

「那麼……」

「也對，要貫徹初衷！」

兩人立定方向後一起回答：

「「我們要攻擊特化！」」

聽她們這麼說，伊茲微笑著作筆記，然後問下一個問題。

「再來是決定裝備要什麼樣的外觀。可能會用很久，要好好想清楚喔。」

伊茲邊聽她們說，邊從箱子裡取出幾樣裝備，慢慢花時間訂定樣式。

一段時間後，伊茲叩一聲放下記錄的筆，告一段落般吐一口長長的氣。

「好，知道了，這樣就沒問題了。等我一下喔，馬上就做給妳們。」

伊茲眼裡充滿幹勁，立刻就想開工的樣子。

「那個……我們都沒錢，真的沒關係嗎？」

「沒關係。如果很在意的話，以後有用不到的材料都可以給我喔。」

「知道了！」

「我們會加油的！」

「嗯，加油喔。第二階和第三階有很多好玩的東西，儘管去逛逛吧。我剛說馬上就做是真的很快就做好，可以在外面等我一下嗎？」

「「好！」」

兩人離開工坊後，伊茲立刻搬出幾種庫存材料開始製作。

「公會其他人很少來工坊呢……好！跟他拚了！」

伊茲中途沒有停歇，極其愉快地製作裝備。或許是因為心情好，完成得比想像中還要快。

結衣和麻衣乖乖在工坊外頭等待片刻後，驚訝地收下快速完成的裝備。搭配其髮色的黑加綠、白加粉紅裝備上，有許多滾邊和蝴蝶結，造型很可愛。可惜的是巨鎚材料不足，晚一點才能做給她們。不知接下來要做什麼而返回門廳時，已經不見那三人的身影。

「大家好像都出去了耶……？」

「好像是。哇！我們好像講了兩個小時耶！」

兩人查看時間才發現距離她們進工坊已過了兩個小時。

「今天就到這裡休息了……？」

「嗯……姊姊，可以再玩一下嗎？」

「……？要逛第二、三階嗎？」

「不是啦。我們現在可以拿兩把武器了嘛，我想試試看！」

「這……也對。嗯，好哇。」

「謝謝姊姊！」

於是兩人返回第一階，要挑戰過去很不順的戰鬥。

來到第一階的熟悉地區後，兩人開始尋找適合戰鬥的地點。

「要找沒有人的地方才行吧。」

「嗯……這樣比較好。」

兩人一進野外就離開眼前筆直的大道，往玩家少的山區走。避開遮蔽多又怪物頻繁出現的地方，慢慢遠離城鎮。

「結衣，小心喔。」

「知道，姊姊。」

兩人不斷提醒自己記得用【增加體積】，發現怪物就偷偷遠離。一路如此反覆，終於平安來到沒有玩家的地方。

這裡是到處有高聳岩柱的岩山底下。

距離城鎮遠，經驗值和怪物掉落物也不特別好，很少玩家會來。

兩人不是事先知道才來，但總之很適合她們隨心所欲地試招。

「都沒人……？」

「嗯，沒人！」

她們查看周圍後打開道具欄，怯生生地裝備伊茲給的巨鎚。

「哇！真、真的可以裝兩把……」

「一手一把感覺好奇怪喔。」

兩人舉著剛裝備的雙巨鎚，小心翼翼地查看岩石另一邊，尋找怪物。

「……！結衣，這邊。」

麻衣所指之處，有一個由許多稜稜角角的岩石所構成的魔像，約有兩公尺高。

即使防禦力看起來很高，都來到這裡了，沒有不打的道理。

「嗯。姊姊我們上。」

結衣見到怪物後也表現出戰鬥意願。

麻衣聽了，略顯緊張地稍微點點頭。

「姊姊！」

「嗯！」

兩人跳出岩石後方，奔向魔像。

魔像也察覺她們，踏著沉重腳步聲逼近。

「「【增加體積】！」」

變大的巨鎚砸向魔像，結果魔像機靈地後退，巨鎚只是掃過它面前。

魔像趁機往前衝，拳頭直揮而來。

「結衣！」

「我知道！」

儘管動作不怎麼漂亮，兩人已經橫掃出另一隻手的巨鎚。

巨鎚不僅粉碎魔像的粗大手臂，還順勢搗毀了軀體。

「咦……」

「真的？」

擊中一次就讓魔像化成光消失了。

贏得太簡單，讓兩人意外得愣在當場。

「攻、攻擊力變強好多喔！」

「嗯！之前打一下幾乎都不會死耶！」

可以裝備兩把武器，提升了她們的攻擊力。和梅普露刷地城讓她們升了很多級，當然幫助很大，但最主要的還是【侵略者】的效果。

這個技能使【ＳＴＲ】增為兩倍，讓她們的攻擊力大約是加入公會之前的三倍。

「好厲害！好厲……啊……」

結衣對自身成長的喜悅十分短暫，一條蛇型怪物從背後撲上來一咬，就在她來得及反應前扣光了ＨＰ。

野外到處都有怪物遊蕩。

仍不慣於戰鬥的兩人警覺還不夠。

「結衣！」

看著化成光消失的結衣，麻衣連忙揮動兩把巨鎚，但遭到怪物敏捷地閃避並反擊，撞飛麻衣。

她重重摔在地上滾了好幾圈，揚起大片灰塵。

「唔唔……」

麻衣當然也耐不住這一擊，和結衣一樣化成光消失，睜開眼時已經回到第一階城鎮了。左右張望四周，發現結衣已經收起一把巨鎚，站在她身旁。

「姊姊，還好嗎？先把鎚子收好吧。」

「啊，好、好的……對不起。」

麻衣開啟藍色面板，將一把巨鎚收進道具欄。

「魔像動作比較慢才打得中。」

「嗯……動作那麼快的怪物就打不中了。」

大部分問題還是沒變。依然是無力迴避，攻擊技巧也八成是差勁的一方。

「可是只要打得到，應該就打得死吧……」

「姊姊也這麼想嗎？我也是！」

這是唯一且最重要的進步。

只要攻擊打得中，就能打倒怪物。

兩人曾經打中的怪物，主要是離城鎮較近的昆蟲型。

能一擊打倒比那種怪物強得多，防禦力看起來也不低的魔像，給了她們極大的自信。

「而且伊茲姊還要幫我們做攻擊力更強的巨鎚喔！」

「就是啊……嗯！到時候一定會更好打！」

兩人的裝備仍只是兩把巨鎚。

她們終於感到，之前堵死的升級之路現在是真的打開了。

和梅普露一樣，想做的事變多，卻也忙得很開心。

現在是兩人接觸這遊戲至今最快樂的一刻。

「啊，對了！姊姊！把我們身上的毒龍材料賣一賣，就有錢買技能卷軸了吧！」

「……！」

麻衣睜大眼，嗯嗯點頭。

原本為錢發愁的她們，現在相當寬裕。

「能用技能攻擊的話……」

「攻擊力就會更高喔，姊姊！」

兩人眼睛發出光芒，奔向技能卷軸商店。

兩人沒怎麼逛過的店舖裡，有一整面牆的卷軸。

「先把材料賣掉吧？」

「嗯！對呀。不曉得能賣多少。」

賣掉一半材料，取得約五千金幣後查看卷軸價格。

「呃……買攻擊技能比較好吧？」

「嗯～應該是這樣沒錯……可是不知道哪個厲害耶？」

兩人決定購買兩卷相同技能，便從總價五千金幣的技能看起。

「那買……這個？」

「嗯，就這個吧。其他的等問過莎莉或梅普露哪個好以後再買。」

她們沒有把錢一次花完，先各買一個用來攻擊的技能。

「【雙重衝擊】沒錯吧？」

「嗯，沒錯！」

結衣和麻衣下定決心，以同樣動作買下技能。

出了店門就立刻使用卷軸，學習【雙重衝擊】。

【雙重衝擊】

用巨鎚連擊兩次。

同時產生能造成傷害的小型衝擊波。

原本只能拿一把巨鎚的兩人能拿兩把以後，同時使用此技能就等於是連放八次一鎚就能打死普通怪物的攻擊。

而且她們也有想到，以自己現在的攻擊力而言，附帶的小衝擊波也能造成很可觀的傷害。

「試試看嗎……？」

「嗯！我們來試！」

兩人就此重返野外。

來到沒有玩家的地方後，兩人馬上試用新技能。

新技能的衝擊波威力即十足打倒怪物，對於只要敲到一下就行的她們來說好用極了。

不過打倒幾隻怪物之後，她們又不小心遭到攻擊而倒下。

即使又回到城鎮，她們的表情仍非常開心。

「呼～好好玩喔！要不要再來一次？」

「嗯！……嗯？」

正想再度返回野外時，麻衣忽然想到些什麼而開啟藍色面板。

然後臉色馬上發青。

「咦，怎、怎麼啦，姊姊！」

結衣擔心地靠過去。

「結衣，我、我們回家吧？不回家的話……」

麻衣指著時鐘這麼說。

「啊……！」

結衣嚇得瞇起眼，彷彿見到不想看的東西。

興奮地在城裡找商店，還在野外走很遠試招，都耗費了不少時間。

現在已遠遠超過平常該結束遊戲的時間，甚至很容易捱父母罵的時間都早已過去，不曉得會發生什麼事。

「趕快……！回去吧……？」

「好、好好好！」

兩人急忙下線，在各自房內醒來。

且同時輕輕打開隔走廊相對的房門探頭出來，赫然見到母親在走廊上對她們微笑。

「「咿嗚！」」

「妳們兩個早安呀。我有點話要跟妳們說，都到樓下來。」

母親只留下這句話就返回一樓了。

「變強好像……」

「不完全是好事……」

後悔自己忘了時間之餘，麻衣放棄掙扎，結衣思考藉口，踏著沉重腳步往一樓走。

◆□◆□◆□◆□◆

跟梅普露海扁毒龍而凱旋歸來第三階【公會基地】的新成員結衣和麻衣，在第二天和莎莉來到基地裡的某項設施中，這次比較注意時間了。

那是個比較大的房間，稱作【訓練場】。到第三階才會開放，要用魔法陣傳送進去。

在這裡不會死，可以盡情試用技能，但無法取得新技能。

伊茲還沒做出令她滿意的成品，兩人還是用之前湊合的巨鎚。她們雙手各持一把，在裡頭等候。

「在【訓練場】裡，不管怎麼練都不會被別人看見呢。」

「要做什麼呀？」

「妳們都想把巨鎚練得夠好吧？」

「「對……」」

變得遠比之前強以後，兩人在第一階地區沒人的地方用雙持巨鎚戰鬥，但由於完全沒點【ＡＧＩ】而難以閃避攻擊，無法隨心所欲地戰鬥。

雖然獲得了足以一擊殺的力量，自己的ＨＰ也依然會被怪物一擊殺。

「我來教妳們迴避的訣竅，還有同時用兩把武器的技巧。從公會角度來說，我們是真心希望妳們能學會閃躲穿透攻擊的方法。」

只要懂得閃躲穿透攻擊，就能與梅普露並肩作戰。

「可、可是我們沒妳那麼快耶……」

結衣說得沒錯，兩人與莎莉的【ＡＧＩ】相差巨大。

當然是難以迴避。

「在不知道對方會從哪裡砍過來的狀況下，本來就是很難躲。可是……技能會照系統設定的動作去動，所以甚至能用公釐為單位來閃躲。」

「「這、這個……」」

結衣和麻衣都想到同一句話。

知易行難。

要是做得到，每個人都能閃避技能了。

「是啦，我也知道現在還不太可能。不過……【穿透攻擊技能】就不一樣了。」

「呃……哪裡不一樣？」

「就我所知，所有的【穿透攻擊技能】在發招之前都會有一下下的【蓄力】時間。」

據莎莉說，其他招式是說出來就會發動，唯獨具有穿透能力的技能會出現仔細看才會注意到的短暫延遲。

如此解釋後，莎莉從道具欄取出兩張紙。

「我蒐集的所有【穿透攻擊技能】全都寫在這上面，妳們要在一個月裡把名字都背下來。」

「「好、好的！」」

若懂得利用【穿透攻擊技能】發招前的短暫時間，又記得技能名稱，就能在聽見招式名稱時先行準備迴避。

「可是……這樣還不夠。」

「還、還不夠嗎？」

麻衣不安地問，而莎莉從道具欄中一整排的木製道具裡取出一項，回答：

「這是我請伊茲做的長棍，我會用這個攻擊妳們……作實戰練習。」

「咦……？妳不是只會用匕首的技能嗎……」

「嗯。所以我把動作和速度全部記下來再徹底練習……現在可以模仿得一模一

樣。」

「「咦……？」」

這根本不是人能做到的事。對於這麼扯的現實，只有異常二字可言。

「妳們在來這裡的路上，不是說為了幫助公會『什麼都願意做』嗎？所以……要努力練到全部閃得過喔？嚇嚇妳們的啦。」

結衣和麻衣的第一個師父梅普露，讓她們繼承了她的異常性。

而第二個師父莎莉，要她們繼承她一部分的迴避能力。

這時，梅普露在公會裡閒晃。

「霞～！莎莉人咧？」

「和結衣跟麻衣一起在【訓練場】。有事嗎？」

和克羅姆隔桌對話的霞答道。

「嗯……我是想找她一起逛第三階啦……算了，我自己去。」

梅普露說完就跑到第三階城鎮去了。

目送她離去後，霞和克羅姆繼續對話。

「直覺告訴我，梅普露又會帶著別種強化回來。」

「你的直覺……準嗎？」

「不曉得……可是她每次都是一沒人盯就會變強，結衣和麻衣好像也是。」

「真的……這麼說來……最近好像都沒看到小奏耶？」

霞和克羅姆注意到，奏最近幾天待在公會裡的時間很短。

「嗯？喔，他好像都泡在第二階的圖書館。我們還在第二階的時候就這樣了……」

伊茲說他偶爾會來，來都在看書。

「我們的會員都會在搞不懂的地方變強耶……」

霞盯著克羅姆說。

不，是盯著克羅姆的裝備。

克羅姆也在霞不知不覺中變強很多。

儘管沒說出口，但霞仍有點嫉妒。

「請梅普露幫妳祈禱的話，說不定會變強喔。我認真的。」

「……我也會認真考慮看看。」

克羅姆和霞交談時，奏正在第二階地區圖書館中最隱密，恐怕從未有人來過的房間裡翻書。

看完並非以日文寫成的書之後，他啪一聲闔上。

「…………我懂了。嗯，原來如此。」

接著拿起擺在桌上的魔術方塊看了一會兒，放回書站起身喃喃地說。

「還有……兩個是吧。」

奏離開圖書館，橫跨第二階地區。

◆□◆□◆□◆□◆

奏獨自來到第二階邊緣。

與公會成員組隊時，他的ＭＰ都花在輔助魔法上，但也學了不少攻擊魔法以應付單打獨鬥的時候。

此外，只要運氣好，【神界書庫】也能在攻擊面提供強大助益。

所以他單獨行動也並無大礙。

「今天技能抽得不錯喔。」

如奏所說，今天【神界書庫】抽中了強力的魔法技能。

他撥開沙塵，好看清地上的石板表面。

從圖書館取得的線索，讓他查出了這個地點。

「嘿……好。」

石板隨手掌碰觸而消失，顯現出通往地下的階梯。

奏決然往下走。

來到狹窄階梯最底後，眼前就只有一扇陳舊的門。

開門見到的，是一座圖書館。

構造酷似他在第二次活動中唯一攻略成功的浮島圖書館。

「如果我想得沒錯，這裡面應該……有了。」

許多純白拼圖碎片散布在老舊的桌子上。

俗稱牛奶拼圖。

奏將碎片全部蒐集起來。

一旁有預設的拼圖框，框上刻了字。

諸神的考驗。

內容和他在浮島取得【神界書庫】時相同。

「這次是……三千片啊。比上次少好多喔。」

奏拉椅子坐下攤開拼圖並大致掃視一遍，從角落開始一片片地拼。

「嗯……這邊是這樣。這邊……是這樣。」

他接二連三地將純白拼圖放至定位。

彷彿已經知道答案。

約三十分鐘後，他停下了手，靠上椅背。

「呼……好累喔。頭開始痛了……」

奏在記憶上特別出眾。

也就是擁有極高——不，是高得可怕的記憶力。

對一般人而言長得差不多的拼圖，在奏眼中每個都很不一樣。

當然也能分辨哪一片能接哪一片。

連接部位的形狀，每一片原本的位置。

他全都記得。

然而，即使他能記得這麼多，也得在極度專注的狀態下才想得起來。

而這種狀態大概只能維持十分鐘。

即使是記憶力卓越的奏，平時也解不了這種拼圖。

現在需要乖乖休息。

「剩下的書好像還拿不走……嗯……要是有別人進來就糟糕了。」

這次和之前不同，時間沒有加速。

拼圖還要花一段時間才能完成，又不能在這裡過夜。

「感覺可以趕在時間到之前完成……不行的話就下次再來吧。」

休息三十分鐘後，奏繼續挑戰拼圖。

在奏反覆休息與集中精神下，拼圖漸趨完整。

努力終於沒有白費，奏拼上了最後一片拼圖。

緊接著，化為一片白的拼圖框綻放光芒，中央浮現魔術方塊，在空中慢慢旋轉。

「再來……」

抓起魔術方塊，它跟著化為一條條的光帶，吸進奏的口袋裡。

「喔……有一個之後會自動融為一體啊。」

奏重新檢視自身裝備。

發現魔術方塊多出了新技能。

【魔導書庫】

將需要耗用ＭＰ的魔法或技能製作成「魔導書」，收藏於專用「書櫃」。

一經收藏便不能再使用該技能，只能使用其「魔導書」。

製造「魔導書」時，需耗用該技能所需ＭＰ的兩倍。

「這樣啊……回去試試看……喔不，今天就到這裡吧……好累喔。」

奏爬上階梯，回想之前看的書。

「最後一個……不在第二階。在第三階……？還是在……第一階呢？呃，該不會還

沒有？」

最後一個也一定要拿到手。對於這件事，奏特別來勁。

◆□◆□◆□◆□◆

在現實世界，官方人員也接獲了奏取得這個技能的消息。

官方首先關注的是【大楓樹】中贏得第一、二次活動獎項的人物。

「奏破解【我們的惡作劇二十號】啦！」

「沒辦法，他都破過浮島那個了……」

「才不是惡作劇！我做得很認真！」

「【大楓樹】都是一堆能拿到高難度技能的人耶。」

克羅姆和莎莉有獨特裝備。

奏有圖書館系列。

新加入的結衣和麻衣有ＳＴＲ提升技能。

梅普露有各式各樣。

而且梅普露的技能幾乎都是官方的惡作劇。

「嗯……其他的呢？」

「第一次活動前十名的玩家都有拿到這種技能，梅普露拿最多……再來就是他們身邊的幾個人。新玩家的動向和我們預估的一樣。」

「是不是需要視活動內容來拆散前二十名的玩家啊？」

「是啊，有可能。」

他們說到這裡就不再閒聊，繼續盯著螢幕看。

◆□◆□◆□◆□◆

奏原本打算不試新技能就下線，結果還是敗給了好奇心。

他離開圖書館，往沒人的地方走。

「剛好有【破壞砲】……【魔導書庫】！」

【破壞砲】

耗用100MP。

往前方施放強烈魔法攻擊。

每十分鐘可使用一次。

奏喊出技能名稱的瞬間，光現於空中匯聚成形，構成五具正六面體書櫃。

每個都飄在半空中，還能穿透周遭物體。

同時眼前出現藍色面板，列出奏現在所能使用，且需要耗用ＭＰ的技能。

「【火魔法】這種包含複數魔法的是一次選一整群，其他的就是選技能本身啊……」

奏姑且選擇【破壞砲】做實驗，技能開始製作「魔導書」，面板出現三十分鐘的倒數。

用道具恢復ＭＰ後，奏繼續將【火球術】製成魔導書。

看來同樣需要花費三十分鐘。

而他會暫時失去這些能力。

「每個都是花三十分鐘啊……要事先準備好才行的意思。」

奏用看書來磨耗這半小時。

時間到以後，許多光絲在面板上方匯聚成兩本書的形狀。

一經奏碰觸，書就輕飄飄地飛進書櫃裡。

「嗯……【火球術】！」

奏如此呼喊同時，一本紅色「魔導書」飛出書櫃並翻開，射出火球。

接著，「魔導書」消失了。

「只要事先支付費用，在戰鬥中就能免費使用技能啊……不知道能不能收藏【神界書庫】抽中的技能……還有最多能收藏多少本。」

奏將想試的全試過以後就下線了。

隔天，奏在野外開啟【魔導書庫】，見到裡頭仍有一本書，確定能夠收藏【神界書庫】抽中的技能。

如此一來，奏可以收藏很多種需要耗用MP的技能。

「呼……就把每天抽到的都收藏起來吧。總有一天能轟出誰也想不到的超大魔法。」

這麼說之後，奏照樣用了今天份的【神界書庫】。

「我籤運很強喔……呵呵呵。」

三十分鐘後，書櫃裡多了一本黑皮書。

第七章　防禦特化與斷崖下

這時，梅普露正準備獨自探索第三階的城鎮。
克羅姆和霞去農「西瓜」，莎莉在幫結衣和麻衣特訓。
伊茲忙著做裝備，奏今天沒來過【公會基地】。
這麼一來，梅普露也只好自己逛了。
城裡依然是到處充滿機械，天上也有玩家用機械飛來飛去，很好玩的樣子。城中心有個地標級的大型豪華建築。梅普露四處張望，要決定從哪開始逛起。
「去看看那個機器吧！」
梅普露走向NPC的店，看的是大部分玩家都有買的飛行器。
有車型的多人飛行器，也有背包型的單人飛行器。機體內發出看似動力源的藍光，很有未知科技的感覺。
覺得很帥的梅普露也想買一台，然而價格十分高昂。
「唔……以必需品來說還真貴……有點……是實在買不起啊。」
梅普露並不積極賺錢，經常缺錢花。

因此，她得出一個結論。

「嗯，不買了。反正我有糖漿嘛！」

沒錯，梅普露不靠機械也能飛行。

不是非買不可。

但她仍對新事物很感興趣，慢慢地看。

看著看著，她發現一件事。

「這些機器都沒用到螺絲耶，好有近未來的感覺喔！」

的確，機械上找不到一根螺絲，還非常地輕。

梅普露都覺得輕了，那真的是很輕。

再看了一會兒後，她往別的地方走。

漫無目的地亂逛，最後在某個巷子口見到一個NPC老人倒在地上。

「呃……你、你還好嗎？」

梅普露拍拍老人，老人有氣無力地回答：

「可以給我一點水嗎……有吃的更好……」

梅普露沒理由拒絕這虛弱的老人，從道具欄取出他要的東西交給他。

老人一接下就立刻全吞下肚。

「呼……謝謝妳。我沒什麼好答謝妳，就告訴妳一個祕密吧。」

「咦？啊，好。」

梅普露在老人面前坐下，老人跟著娓娓道來。

「城中央不是有個很氣派的宮殿嗎？那是【機械神】的地方。能讓人在天上飛的東西，都是【機械神】做的。」

「【機械神】啊……？嗯嗯嗯。」

「沒有人知道他是怎麼做出那些機械。有人拆開來看，結果裡面什麼也沒有。『螺絲』、『齒輪』、『發條』統統都沒有。」

「咦？感、感覺有點恐怖耶……」

「不過這些是每個人都知道的事，接下來才是重點。」

梅普露好奇地等待老人說下去。

「其實啊，那個機械神已經是【第二代】了。」

「你說……【第二代】？」

「對。很多年以前，這座城到處都是普通機械。【第一代】給了不懂機械的我們夢想和希望。」

老人說得沒錯，機械對沒有這方面概念的人而言，肯定全都是充滿夢想與希望的奇蹟。

「後來有一天……事情在我出城的時候發生了——城鎮的方向爆出好大一團藍白色

的光！」

「然、然後呢？」

梅普露催老人快點說。

「我覺得一定有大事發生而急忙趕回城裡，結果……城裡充滿了新的機械，每個人都不記得【第一代】的事了。而且，以前那些機械也全都不見了。」

「照到那個光就失去記憶了？所以爺爺才沒事……？」

「故事就到這裡結束了。現在知道【第一代】的人，就只有我和妳而已。」

「謝謝你告訴我這麼重要的事！」

梅普露道謝後，老人搖搖晃晃地走進錯綜的巷弄深處，直至看不見他的身影。

「【第二代】討厭【第一代】嗎？……沒有給任務，所以是以後會用到？」

梅普露將老人的話收進腦中一隅，繼續逛街。

◆□◆□◆□◆□◆

在梅普露逛街的路上，最吸引她注意的仍舊是【第二代】所創造的機械。每一個都散發著美麗的藍光。

反言之，除了機械以外沒什麼值得注意。

「嗯……也去野外逛逛看好了。」

野外地形高低差劇烈，到處是懸崖峭壁或高聳入雲的山巔。

沒有飛行能力的人，連探索的權利也沒有。

「糖漿！我們走！」

梅普露按老方法飛上天空。

不同的是，天上還有其他玩家。

「想散步就要去第二階了吧，可以慢慢地飛。嗯。」

梅普露比較喜歡在周圍沒有玩家的地方自由自在地飛翔兼探索。

追尋寶物或技能的玩家已經發現一座地城，大部分都往那裡去。他們都是使用貼身型的機械，將身體牢牢固定在機械上。

梅普露只是跟在他們後面飛，不知道地城的事。

「前面有什麼嗎？」

沒錯，她什麼都不知道。

不知道玩家為何飛越這底下濃霧瀰漫的斷崖，往另一邊矗立的高山前進。

也不知道斷崖外有強勁的側風。

「唔咦？啊！」

【ＳＴＲ　０】的梅普露抓不住糖漿。

其他人用的是固定在身上的飛行器，她就只是坐在龜殼上而已，也沒有為這種狀況作任何準備。

被風吹翻而頭下腳上地墜崖的，就只有梅普露一個。

「唔唔唔唔唔啊啊啊啊啊！糖、糖漿！糖漿！」

看不見地面。不，梅普露連底下有無地面都不曉得。

從這麼高的地方摔下去，即使是她也恐怕不會平安無事。

她拚命呼喚糖漿，但糖漿不可能追得上。

「暴、【暴虐】！」

唯一值得慶幸的是，這麼濃的霧可以遮蔽任何驚人之舉。

無論遭受多大傷害，都不會傷到本體梅普露。

遙遠的懸崖底下，梅普露維持怪物樣貌，在濃霧中動身。

「奇、奇怪？沒受傷？」

並不是她的防禦力高到可以抵銷傷害。

是這裡本來就沒有設定墜落傷害。

梅普露恢復原狀，在能見度不到一公尺的濃霧中走動。

「嗯？這是……」

腳尖踢到硬物，撿起來看。
是個毀損的機械殘骸。
應是屬於某個由各種零件所組成的東西。
梅普露開啟藍色面板，查看所在地的名稱。
「這裡叫……【幻夢墳場】？跟爺爺說的故事有關嗎？」
各種難以發現的提示。
第二階難以發現的零件。
來此所需的特殊條件。
梅普露碰巧跳過所有過程，來到了這裡。
「好……小心前進吧。」
梅普露尋找能踏穩腳步的空間，慢慢鑽過堆積如山的殘骸。
「霧……沒那麼濃了？」
她往薄霧的方向走，終於來到最深處。
城中機械那樣的藍色光點，如螢火蟲般到處飛舞，堆積如山的殘骸圍繞四周。
最深處，有個男人頹倚殘骸而坐。
其軀體是由無數齒輪、發條和螺絲所組合的機械裝置構成。
說他是機械，也未免太像人。

說他是人，又太接近機械。

雙眼黯淡無光，一隻手少了半截，胸口開了個大洞。

「哇！」

梅普露意外發現的齒輪自己從道具欄中飛出來。那是名叫「往日舊夢」，用途不明的道具。

齒輪飄向男子，沒入胸口空洞。

梅普露等了一會兒，但什麼也沒發生，於是她小心翼翼地接近男子。

「沒、沒有危險嗎？」

「咕、嘎……」

就在梅普露鬆懈時，男子雙眼泛起紅光，開始說話，嚇得她手忙腳亂地舉盾遮擋。

「我是王……機械之王……偉大智慧與遠大夢想的結晶……」

「…………」

「我是……王……從前的王……淘汰者……」

梅普露靜靜地聽男子說話。

「我是……什麼人……我是……」

男子的聲音愈來愈小並斷斷續續，紅光也逐漸微弱，最後再也沒動靜。

「會、會是壞掉了嗎……？」

在梅普露擔心的目光下，四周浮游的藍光聚集起來裹住男子。

藍光流入胸口空洞，將其填滿。

「唔……」

男子開始挪動肢體，發出沉重的金屬摩擦聲，最後帶著一身冰冷藍光幽然站起。藍光愈發強烈，紅光消退。

「太、太好了……還沒有壞掉！」

梅普露高興得太早，她很快就發現男子不太對勁。

「我是……廢鐵之王……沉睡在垃圾堆裡的王……夢想與奇蹟……全都成了廢鐵。」

說到這裡，男子的形體開始改變。

胸部洞穴吸收周圍殘骸，形成武器披覆於其全身。

武裝一一布展，無數槍口砲口指向梅普露。

「我也要把妳……變成廢鐵。」

梅普露想到眼前這人物很可能就是過去的【第一代機械神】。

也知道他已經失去理智。

「……給我清醒一點！」

梅普露架起塔盾，抽出短刀。

機械神為何發瘋，她心裡已經有個底。

那種藍光是【第二代】所造機械的光。它不僅充斥於城鎮，還在【第一代】胸口散發冰冷光輝。

「集中攻擊那裡！」

梅普露鎖定目標的下一刻。

藍白砲彈填滿了她的視線。

◆□◆□◆□◆□◆

梅普露的塔盾發揮力量，吞噬這一波砲彈而失去所有【暴食】。她本身遭衝擊彈開，撞上背後的牆。

「哇……！會擊退喔！」

藍白砲彈具有強力擊退效果，將速度緩慢無法閃避的梅普露推向殘骸山。

無法穿透她的裝甲，就只是壓制了她。

「啊……不能動……」

擊中身體的砲彈只是給了她一點舒爽的刺激，擊退效果卻壓得她無法動彈。

「【毒龍】！」

梅普露姑且對機械神放一發毒龍試試，不過毒對機械無效。只有毒龍本體造成傷害，沒有毒液的附加傷害。

「呃……現在怎麼辦……」

【暴食】已耗盡，【暴虐】也在墜落時用掉了。

糖漿在梅普露的技能範圍外，同樣沒受到任何傷害，已經回到戒指裡。

隨便叫出來，會變成砲彈的靶。

攻擊能力只剩效率低的【毒龍】、【暴食】的結晶和【獵食者】、【流滲的混沌】。

梅普露擁有超高防禦和強大瞬間火力，但也有個無法改變的明確弱點。

那就是消耗極大。

她的技能是建立在裝備可代為提供ＭＰ的能力上，次數有限，無法長時間維持那樣的力量。

每一次使用技能，都是在削弱攻擊能力。

一旦用光技能，就會陷入怪物打不倒她，她也打不倒怪物的僵局。

況且這次的對手不像毒龍那樣可以吃。

生鏽的機器無法食用。

她很清楚這件事。

「【獻身慈愛】！」

儘管擔心穿透攻擊，梅普露還是只能依靠【獵食者】和糖漿的火力。

由於【毒龍】效果薄弱，梅普露毅然換裝。

裝上頭冠和白色短刀，喝藥水回血。

HP來到650。

儘管防禦力降低，砲彈對她一樣是馬殺雞。

「好……【獵食者】！」

梅普露叫出兩條蛇怪和糖漿，深呼吸集中精神。

「糖漿！【巨大化】【大自然】！」

糖漿隨梅普露的呼喚使用技能，藤蔓伸出地面，地表隆起。

突然出現的障礙物，使得砲彈打不中梅普露。

她再趁這個機會以最快速度逼近機械神。

糖漿已完成任務，便讓牠恢復原來大小。

但梅普露還來不及就定位，砲彈又朝她襲來。

「哼！」

梅普露換裝不只是因為【毒龍】效益不彰。

也是為了使用【獻身慈愛】所包含的技能。

一次耗用600HP的大招。

「【神盾】！」

圍繞梅普露周圍的光罩，將在接下來的十秒鐘不由分說地消除一切攻擊。

然而用了【大自然】和這個技能，仍爭取不到足夠距離。

愈是接近機械神，受到的砲火也愈是猛烈，非設法抵擋不可。

蛇怪們咬碎指向梅普露的武裝，盡可能爭取時間。

即使那些武裝會像起初那樣由殘骸堆修復，也免不了出現些許空檔。

「【衝鋒掩護】！」

梅普露趁這空檔向前送出恢復原來大小的糖漿再追上去，補足最後一程。

然後召回蛇怪並貼上機械神，揮拳搗進匯聚藍光的胸口空洞。

「都是這個光不好！」

梅普露擁抱機械神似的將手伸到最底。

在盡可能不破壞他本體的情況下，讓他恢復理智。

「【流滲的混沌】！」

蛇怪從她手中飛竄而出，貫穿機械神的胸膛。

這個做法亦對亦錯。

機械神不會因為那裡遭受攻擊而恢復理智，單純是因為弱點受重傷而變貌。胸口空洞深處，散開的藍光另一邊，亮起了微小但確實存在的紅光。

紅光逐漸增強，說出無機但擁有確切意志的話。

「唔……呃啊……我要消失了……不過……」

梅普露豎耳傾聽機械神所說的話，一個字也不想錯失。

「……趁我恢復一絲意識……勇士……收下它……吧……」

說到這裡，機械神胸口洞中的藍光再度匯聚。

「……用我的……力量……打倒這個……曾經是……我的……軀……體……」

機械神將一枚纏繞淡淡紅光的老舊齒輪拋向梅普露。

梅普露用來喚醒機械神的道具，又回到了她身上。

齒輪沒入她的身體，消失不見。

「……讓我沉睡……吧……」

這時，機械神的外觀又產生變化。

全身圍繞藍白光芒，破舊身軀變得銀白光亮，手臂和背部有如液態金屬般任意變形，塑造出沒有零件的槍砲。最後藍光轟然沖天，機械神帶著一身【第二代】的武裝飛上空中，擊出藍色砲彈。

梅普露只能和先前一樣被轟得撞牆。

「託付什麼力量……白費力氣……」

空中傳來無機的聲音。

梅普露從內容判斷那是【第二代】的聲音。

【第二代】侵占【第一代】的身體，強行驅動著他。

「……【機械神】……」

舊神的力量，如今寄託於梅普露身上。那是十分單純，毫無奇妙之處的力量。

梅普露更換裝備。

小心起見，她卸下頭冠和「感情的橋樑」，換回「新月」。

「【機械神】！」

梅普露大喊的同時，腦中出現幾個形象。

她選擇鎧甲、塔盾和短刀。

相對於【第二代】能夠無中生有，【第一代】需要材料。

也就是——

破壞裝備，用以創造武器的力量。

當然，材料品質愈好，武器就愈強。

「【全武裝啟動】。」

梅普露輕聲低語，再生的黑色裝備披覆其全身。

裝備伸展出宛如摘自夜空的各式黑色武裝。

配備持塔盾的手從手臂部分鏗鏗鏗地長出槍管，背上也長出相形於她身材大得誇張的砲管，如樹枝般指向天空。

拿短刀的手也同樣從手臂部分長出黑刃，支撐所有裝備的腰腿也披覆重重機械，變得更為強韌。

大大小小的齒輪在胸腹之間轉動，所有武器拖曳著靈氣般的淡淡紅光布展完畢。

「哇、哇哇！這、這是怎樣！」

梅普露詫異地看著全身武裝一會兒，才想起現在有非做不可的事。

「要先打倒他才行……【嘲諷】！」

她戴回「感情的橋樑」叫出糖漿，藉【大自然】生成藤蔓和岩石抵擋一波砲火，再趁隙用藤蔓捆住自己伸上天空，接近位在空中的【第二代】。

「糖漿加油！」

在梅普露吸引【第二代】注意時，藤蔓以往中央繞的方式將兩人層層包圍。

遭包圍的【第二代】，與梅普露的距離縮短到要和她一起被藤蔓壓扁一樣。

「……這樣你就跑不掉了吧。」

繼承了【第一代】力量的梅普露，可說是【第三代】。
新生機械神對【第二代】淡淡地這麼說，將所有武裝對準他。
【第二代】所有武裝也對準了梅普露。
「「【開始攻擊】！」」
兩人份全副武裝在爆炸聲中噴吐烈焰，紅藍交錯的強烈閃光令人睜不開眼。
這些武裝看似裝備，但不是裝備。
純粹是威力取決於代價的技能，與梅普露的【ＳＴＲ】毫無關聯。
每一發威力並不算高，以次數取勝。
至少這一次是如此。主要武裝分很多種，有槍、砲或劍等。

這場戰鬥中何者抵抗力較高，十分顯而易見。
藤蔓牢籠炸開的同時，包圍【第一代】的藍光和【第二代】的機械都已消失，梅普露穩穩抱住力竭頹倒的機械神降落地面，不讓他再受傷。
【第一代】就此在梅普露全身機械的懷抱中睡去。
梅普露輕輕站起，讓他倚靠在他那些一般人所熟悉，由許多零件構成的機械堆上。
「……………好。」
確定他不再發出藍光後，梅普露踏上歸途，路上還不時回頭看看【第一代】。

◆□◆□◆□◆□◆

梅普露惆悵地返回天上時。

某公會一室，有四個玩家在對話。

一個是在第一次活動中奪得冠軍的培因，特徵是一身騎士風格的銀劍白甲。部分玩家稱他為「聖劍」，就是來自他的技能和外觀。

一個是人稱「神速」的絕德。他是第一次活動的第二名，和莎莉同樣使用匕首的褐膚玩家。

一個是芙蕾德麗卡，手持一眼就能看出是魔法職的木杖，杖頭有顆大寶石。

一個是第一次活動的第五名，「裂地斧」多拉古。手持裝飾不多的巨斧，身穿粗獷鎧甲，還有一身壯碩的肌肉，怎麼看都是力量型戰士。

他們正在開會。

關於已經無法招攬的前十名玩家。

以及頗令人顧慮的公會——【大楓樹】。

第八章　防禦特化與工匠

「關於這個公會對抗賽……有兩個公會需要注意。一個是有第一次活動第四、七、八、十名的巨大公會【炎帝之國】，另一個是人數雖少，但有第三、六、九名的【大楓樹】。」

培因認為這兩個公會都有足以獨力扭轉戰局的玩家。

「【大楓樹】的成員裡，不是還有第二次活動中很多人在討論的藍衣女生嗎～？她好像也很危險耶～」

芙蕾德麗卡這麼說。

不清楚有多危險，是因為【大楓樹】的資訊極端地少。

尤其是莎莉和奏，更是等同於無。

「雖然還是要看活動怎麼辦啦，可是靠人數就輾得過去了吧？再怎麼說都有培因頂著……」

如絕德所言，他們四個所屬的公會和【大楓樹】人數差距非常大。

人數多到無論小型公會有什麼樣的優待都能視若無睹。

「我們公會每個人都很強，沒問題吧。每個人都有抗毒，有時間的人連麻痺抗性都拿了。這樣要小心的只剩【炎帝之國】了吧？」

多拉古簡單解釋道。

「而且啊～我們公會的工匠不是都送去地城做裝備了嗎～？」

芙蕾德麗卡說的是第三階發現的第二個地城，只有工匠能進去打特殊材料，可以製造前所未有的【附技能裝備】。

他們正在組隊輪刷，要大量生產抗性裝。

「她叫梅普露是吧？主要攻擊不就是異常狀態和盾牌嗎？還有烏龜？很難相信她是全點【ＶＩＴ】……還以為她會被改弱耶。」

「嗯……總之芙蕾德麗卡，先麻煩妳蒐集她的情報了。關於【大楓樹】的也要。」

「培因你也太小心了吧～？是沒關係啦！」

芙蕾德麗卡說完就一手抓起法杖出房間了。

絕德和多拉古也跟著離開。

單獨留下的培因喃喃地說：

「……無知是最可怕的敵人。【大楓樹】的情報實在太少。」

他們都不曉得克羅姆的裝備有何能力。

不曉得奏有怎樣的魔法。

也沒體驗過莎莉的迴避能力。
也不知道結衣和麻衣的存在，以及她們的破壞力。
更重要的是——
幾乎所有成員都認為梅普露只會用毒和盾打倒對手。
他們對天使、怪物、機械神和糖漿光束砲的事一無所知。
只有培因直覺性地認為事情不會那麼簡單，但沒有任何根據。

◆□◆□◆□◆□◆

培因思考如何應付【大楓樹】時，伊茲雀躍地坐在【公會基地】的椅子上，晃動她及腰的水藍色頭髮。
她也聽說了新地城的事。
平時很少外出的她也十分心動，迫不及待。
「唔……好想跟梅普露跟莎莉借一下喔……」
指的當然是糖漿和朧。
有這兩隻魔寵陪伴就不會被怪物打倒了吧。
死亡會失去部分金錢和道具，能力值也會暫時下降。

能避就得避。

然而她們倆偏偏在這時候都不在公會。

大約再等了五分鐘。

這五分鐘就讓伊茲的耐性到達極限，盡可能帶上戰鬥和採集道具就衝出門了。

再用機械飛行五分鐘。

伊茲衝進了地城。

「好……開挖！」

她勢不可擋地挖掘視線裡的礦石和結晶。

工匠無法學習所有武器技能或魔法，但是有一系列專屬技能。

例如【鍛造】或【調配】。

絕大多數工匠技能只能在工坊使用。

【調配】是其中一個例外，到V級以後可以隨時隨地製造某些道具，然而同樣需要耗費材料，某些品項還有數量限制。

像炸彈是工匠重要的攻擊手段，限攜帶五個，還只能在工坊製作。

在工坊外，只能製作次一階的補藥。

還有個討厭的負面狀態——用武器攻擊的傷害比人少。

經驗值要靠用【鍛造】等技能做出道具獲得。

總之就是工匠不適合戰鬥。

工匠這兩個字，代表的就是無視這些缺點，專注於生產製造的一群人。

當然伊茲也不例外。

她還是生產界的頂尖高手。

為了提升工匠技能，她從遊戲第一天開服就瘋狂挖礦、鍛造、裁縫、栽培、調配，時不時就通宵練等。

而時間全轉換成她的生產能力，無人能出其右。

但相對地，對於工匠少數的攻擊技能——【投擲】，她的等級卻相當低。

【投擲】是用力丟出飛刀等道具，增加傷害的技能。

伊茲都是請人自己準備材料，沒練過【投擲】等級。

「這裡也有釣點呢。」

伊茲拿出釣竿開始釣魚。

釣上的魚，同樣會掉沒見過的材料。

讓她眼睛亮得像個純真的小學生。

她的釣竿也是自己的傑作。

這裡的材料能製作【附技能裝備】，但也只限於裝備。
有些道具是之前就有附加技能。
像伊茲所用的鶴嘴鋤和釣竿，能夠提升稀有物品掉落率、增加物品掉落量、加快採取速度，且特別堅固，性能強大。
那是她耗費大量材料和時間才完成的寶貝，也是她和其他工匠拉開差距的重點所在。

釣完魚以後，伊茲更往深處走。
「完全不出怪耶，對我來說真是太好了。」
總不能在只有工匠能進的地城設置工匠打不倒的敵人。
因此延伸而出的是，怪物只會在特定地點出現。
甚至可能整座地城只有魔王一個。
伊茲在路上的房間見到背上長結晶的怪物，但避而不戰。
因為她握有一些魔王的情報。
一進魔王房，地上就會亮起供玩家脫逃的魔法陣，不用打倒魔王也能離開。魔王身上的結晶是重點材料，可用鶴嘴鋤挖掘。
因此，儘管她能用鶴嘴鋤打倒路上的怪物，她仍寧願避免無謂的損耗。

反覆躲避小嘍囉與挖掘之後，伊茲用力推開了魔王房的門走進去。

房間長滿了閃亮亮的璀璨白水晶。

蜷曲在房間深處，背上長了一大堆相同水晶的蜥蜴慢慢爬起。

「你背上的水晶……我拿走嘍？」

伊茲舉起鶴嘴鋤。

◆□◆□◆□◆□◆

「嘿……我敲！」

伊茲從容躲過蜥蜴的衝撞，揮一下鶴嘴鋤又拉開距離。

即使是工匠，她也有不少【ＡＧＩ】，完全捨棄迴避的人只有梅普露之流。

要躲避蜥蜴緩慢的衝撞很簡單。

往蜥蜴看一眼，還發現蜥蜴的ＨＰ變少了。

「跟情報一樣……我的鶴嘴鋤撐得住嗎？」

這把鶴嘴鋤是伊茲靠運氣與時間做出的最高傑作。

根據計算，要挖下所有結晶並不是不可能。

只是背上結晶變少，蜥蜴的速度也會加快。
屆時不曉得還閃不閃得過。
「如果有莎莉那麼會躲就輕鬆了！」
伊茲一再反覆閃躲蜥蜴並挖掘水晶的動作。
直到蜥蜴改變行為模式，開始爬到洞頂再自由墜落，用背上的水晶攻擊。
「哎呀……刺在地上啦？那我不客氣嘍……」
背部朝下墜落，使得尖銳水晶全刺在地上，蜥蜴需要一段時間翻身。
伊茲趁這時揮動鶴嘴鋤，並朝牠裸露的腹部扔炸彈。
然而炸彈沒有造成傷害。
「哎呀，炸軟的地方也一樣沒傷害耶。」
情報有提到攻擊無效，但範圍得試過才知道。若能找到可以攻擊的部位，早點結束就賺到了，但事情沒她想得那麼美。
伊茲奮力揮鋤敲水晶。
品質差的鶴嘴鋤早該壞了，但伊茲的還剩四分之三的耐用度。
她專挑蜥蜴背部刺在地上時出手，然後拉開距離逃跑。
這是很普通的迴避。
像莎莉那樣持續以毫釐之差閃避，老實說根本太異常了。

「能幫梅普露做自動補血的裝備就好了……呼！」

啪鏗一聲，又一塊結晶被她敲下來，落入她手中。

敲著敲著，蜥蜴的速度再度加快，伊茲閃避不及而遭撞飛。

「唔……頂多再撐一下吧。」

伊茲的飾品欄全是塞「腰包」。

「腰包」能裝整疊藥水等部分道具，以實體形式存放兩小時以上也不會消滅，而今天她裝滿了藥水。

然而腰包就是腰包，一個只能裝五樣道具，並不算多。

但能藉此提升恢復速度就是很大的優點。

「呼……還要再【簡易修理】一次……不，兩次才行。」

伊茲查看鶴嘴鋤的耐用度與蜥蜴ＨＰ之後下此結論。

【簡易修理】是用來稍微恢復耐用度的技能。

儘管恢復得很少，用在伊茲這把難以損壞的優質鶴嘴鋤上，可媲美普通貨色的大修。

「趁牠落地再修吧。」

每次受傷，她就用自製的最佳藥水撐過去。

有機會敲水晶，她就補上一鋤。

不一會兒，她終於等到蜥蜴刺在地上的時候。

「【簡易修理】。」

伊茲恢復鶴嘴鋤耐用度，攻擊蜥蜴。

再一次循環後，她轉為專心消滅蜥蜴的ＨＰ。

伊茲算得沒有錯。

與鶴嘴鋤的耐用度相比，蜥蜴的ＨＰ低到明顯會先耗盡。

「剩最後幾次了……！我不會鬆懈的。」

伊茲說到做到，小心補血並攻擊蜥蜴。

毫不吝於喝藥水，落足本錢換取最穩的結果。

幾輪之後，蜥蜴終於倒下了。

「呼……呼……！我還是第一次單打魔王耶……戰鬥真的不適合我。玩工匠真是玩對了……」

伊茲查看道具欄，她引以為傲的鶴嘴鋤為她帶來了好多結晶。

鶴嘴鋤的耐用度在損壞邊緣，但這是計算中的結果，並無大礙。

「呼……我們公會這樣就夠了，回去吧……咦？」
轉身要往魔法陣走時，她發現面前有一個寶箱。
她忐忑地慢慢接近，蹲下來戳戳箱體。
「情報上沒說到寶箱耶……先打開看看好了。」
伊茲輕輕掀開箱蓋，裡頭有看起來有點磨損的風衣、略大的護目鏡和一雙靴子。
收進道具欄以後查看能力。
「難怪……他們三個都不來修理，原來是因為有這種東西。」

「鍊金術士護目鏡」
【DEX　+30】【無法破壞】
技能【搞怪鍊金術】

「鍊金術士風衣」
【DEX　+20】【AGI　+20】【無法破壞】
技能【魔法工坊】

「鍊金術士靴」

【DEX　+10】【AGI　+15】【無法破壞】

技能【新境界】

【搞怪鍊金術】

能將金幣更換成部分材料。

【魔法工坊】

能在任何地點使用工坊。

【新境界】

得以製造新道具。

伊茲立刻換上這些裝備，站進魔法陣。

有這些裝備，她就能用沒有積蓄上限的金幣製造火藥或藥草了。

也能生產更高難度的道具。

也就是能在戰場上不斷生產炸彈並【投擲】，提供一般工匠不會有的貢獻。

◆□◆□◆□◆□◆

伊茲對戰蜥蜴時，梅普露正好返回【公會基地】。

「嗯……回來也沒事做……去空中散步好了～」

當梅普露開始思考下一步行動時，莎莉從大門進來，結衣和麻衣從公會裡頭的房間走出來。

「啊！妳們三個要不要跟我一起去空中散步？來嘛？」

「這個嘛……嗯，好哇。」

「「我們也要去！」」

三個人都爽快答應，跟隨梅普露往外走。

結衣和麻衣都想騎在糖漿背上，莎莉也從善如流。比起飛行器，結衣和麻衣更喜歡糖漿。

她們都是全點型，所以想法和梅普露類似吧。莎莉對自己如此解釋。

「都上來了嗎～？要飛嘍～？」

梅普露確定三人都上龜後，升起糖漿飛上天空。

「梅普露，妳先前跑去哪玩啦？」

「嗯……去見神吧。」

「「「咦……？」」」

遠超乎三人料想範疇的回答，讓她們的腦袋都當機了。

最先開口的是莎莉。

「那個……妳這次又拿到什麼？」

她肯定地這麼問，而梅普露想了想之後回答：

「完全用出來會超引人注意，我先用一點點喔。【左手啟動】。」

破壞裝備一次，可以從該裝備造出數次武裝。

梅普露左手長出好幾把槍。

「哇靠……咦咦？」

「這可以發射喔！不過現在我不會射。」

「好、好厲害喔……」

梅普露很快就收起武裝，不讓其他玩家看見。

「對抗賽就靠妳嘍。」

「看我的！我會連第三次活動的份一起加油的！結衣和麻衣也要加油喔！」

「「好、好的！」」

「嗯，妳們都會跟梅普露一起行動嘛。現在還是很需要【獻身慈愛】吧。」

「妳們都練到普攻擦到一下下，怪物就會爆掉了是吧？」

「對！也有在練習雙鎚的打法！」

她們都說現在這樣很痛快。兩人都已脫離攻擊力不上不下的區段，達到所謂的一擊必殺的狀態。

攻擊次數增加後，光是到處揮鎚就能發揮優勢，海扁怪物。

等級提升又使得死亡次數直降到零，讓她們玩得很開心。

「嗯……梅普露，底下有湖耶。」

「真的耶……下去看看？」

結衣和麻衣也贊成，梅普露便降落到湖畔。

四人坐下來嘩啦拉地玩水。結衣和麻衣放下看起來破壞力超群的巨鎚，放鬆休息。

對她們的印象，肯定會因為觀點在武器還是她們本身而有巨大不同。若在現實，水面微微蕩漾的湖畔想必是非常清涼舒適。

「對抗賽會是什麼感覺啊～」

「既然有時間加速，應該會打到超過一天吧……來嘍。」

莎莉緩緩起身。

「怎麼了嗎？」

「有怪物嗎？」

「嗯。有一個玩家在跟蹤我們。」

莎莉邊走邊說，往三人後方稍遠處的岩堆後望去。

那裡有個紮了側馬尾的金髮玩家——芙蕾德麗卡。

「啊……被發現了……」

「跟蹤我們？為什麼？」

梅普露歪頭問。

結衣和麻衣也不知為何。

「多半是為了對抗賽在蒐集情報吧。我們公會的人少，所以會員能洩漏的消息也相對少。」

人數愈多，資訊控管自然就愈難。大公會裡，肯定常有會員說溜嘴。

「所以呢，我有件事要和跟蹤我們的妳商量。」

「什、什麼事呀？」

莎莉湊近她小聲說：

「【聖劍集結】是吧……如果妳有【炎帝之國】的情報，可以分我一點嗎？」

【聖劍集結】是培因創立的公會，也是芙蕾德麗卡加入的公會。

她慢慢後退問：

「我、我憑什麼要答應妳呀～？」

「分我一點的話，我就跟妳決鬥。妳不是想要我的情報嗎？除了可以在戰鬥中自己看以外……要是打贏我，我可以回答妳任何一個關於我的問題。」

聽莎莉這麼說，芙蕾德麗卡稍微低下頭思考。

【決鬥】是雙方能事先訂定規則的ＰＶＰ行為。

莎莉說得沒錯，網路上關於她的資料非常少，又很模糊。

若有機會直接試探她的戰鬥能力，就不應該放棄。芙蕾德麗卡如此下定結論。

而且分享【炎帝之國】的情報，很可能間接引導【大楓樹】和【炎帝之國】對戰，削耗雙方戰力。

可以一次削弱兩個威脅。

現在只要提供幾個消息，就能達成目的。

就算莎莉拒絕【決鬥】，騙了情報就跑也無所謂。

「嗯～我接受！我也只知道【炎帝之國】的事，就告訴妳吧。」

芙蕾德麗卡誠實說出她對於【炎帝之國】的所知。

要是沒能讓他們兩敗俱傷就吃虧了。

而其中有項貴重的情報。

「哼……【陷阱師】啊？沒聽過這號人物。」

「輪到妳履行承諾啦～」

芙蕾德麗卡只是說說，不認為莎莉真的會答應。

她認為逃跑才是莎莉的最佳選擇。

「好，我申請了。」

「咦？……喔，好的。」

芙蕾德麗卡疑惑地接受申請。

規則是殊死戰，兩人將轉移到特殊空間打到HP至零為止。

兩人消失在面前出現的魔法陣中。

留下來的梅普露當然很驚訝。

「她們都不見了耶！」

「梅普露！那、那個大概是【決鬥】！我記得有那種功能。」

「這、這樣啊？」

結衣說她們決鬥結束就會回來，所以用釣魚殺時間。

不過這全點型三人組的釣功實在是爛到極點。

兩人轉移到一片平坦的競技場。芙蕾德麗卡一到位就問：

「要是我贏了，妳會回答我任何一個問題？」
「沒錯，真心不騙喔？」
芙蕾德麗卡注視莎莉的眼，感覺實在不像說謊。
不明白莎莉的企圖，讓她決定隱藏實力，簡單探探莎莉的身手。
如果有勝算再打倒她。
「那我們十秒後開始。」
「沒問題。」
整整十秒後，兩人的決鬥開幕了。

◆□◆□◆□◆□◆

決鬥開始後的這一分鐘。
芙蕾德麗卡魔法丟個不停，並仔細觀察莎莉。
「嗯……真的打不中耶～」
她一次也沒擊中過莎莉。
但不認為自己沒機會擊中她。
莎莉的迴避動作很華麗，但都躲得相當驚險，芙蕾德麗卡認為這樣難以轉守為攻。

「……多觀察一下再幹掉她吧～」

如其宣言，芙蕾德麗卡再觀察一會兒後，覺得莎莉的迴避能力真的很厲害。

用魔法和技能攻擊了這麼久，還是一次也沒中。

不過芙蕾德麗卡也沒有使出全力。

「【多重炎彈】！」

她身邊頓時散布大量魔法陣，不斷朝莎莉擊出火焰砲彈。

在芙蕾德麗卡的估算中，這一招應能擊敗莎莉。

「【誤導攻擊】！」

芙蕾德麗卡清楚聽見了這一喊。

緊接著，莎莉的動作完全改變了。

那畫面彷彿是要給人炎彈主動避開莎莉的錯覺。

想來是有個東西在保護莎莉，引開了炎彈，全以幾公釐的差距掠過她。

先前的驚險已經不再，莎莉不知不覺晃到芙蕾德麗卡面前，還揚起了匕首。

「【多重護壁】！」

芙蕾德麗卡的面前出現一層層金色魔法陣，抵擋莎莉的匕首。

一層、兩層，魔法陣接連碎裂，最後五層魔法陣都碎了。

莎莉迅速退開，以免遭受反擊。

「忍不住用掉了……可是有看到【多重護壁】，不算吃虧吧……」

芙蕾德麗卡無疑是實力堅強。

這樣的實力會帶來自信。

再加上經驗法則，她斷定莎莉所說的【誤導攻擊】是一個技能。

認為這麼強的技能會有很長的冷卻時間，也是合情合理。

新獲得的資訊，是必須小心她那對攻擊力異常的匕首。

但芙蕾德麗卡沒有發現自己上當了。

遊戲裡根本沒有【誤導攻擊】這個技能。

那只是虛晃一招。

莎莉純粹是用眼睛看，直接躲開。

就這麼簡單。

「【多重水彈】！」

芙蕾德麗卡接著擊出的是水砲彈。

莎莉繞了大圈，甚至用上【超加速】，躲得很驚險。

最後還在地面翻滾才躲完最後一擊。

這讓芙蕾德麗卡很肯定【誤導攻擊】至少有幾分鐘的冷卻時間。

莎莉播下的謊言種子，在芙蕾德麗卡心中慢慢生根。

「【多重石彈】！」

芙蕾德麗卡正在想，用這招解決莎莉後要問什麼。

氣喘吁吁的莎莉正好在這時腳滑失衡，無法躲避石彈。

「好，贏嘍～」

就在芙蕾德麗卡放鬆時，莎莉的聲音傳進她耳裡。

「【流水】！」

莎莉就這麼在她注視下，以兩手匕首一一彈開石彈。

芙蕾德麗卡將這個行動與面對水彈的反應作比較，認為這個技能只對具有實體的目標有效。

不過這個推測也沒有任何意義。

彈開所有石彈後，莎莉往芙蕾德麗卡衝。

「好～！我【投降】～！」

「咦？……喔，好。」

莎莉眼前出現「勝利」字樣，宣告決鬥結束，兩人返回原處。

「拜啦～」

芙蕾德麗卡對莎莉揮手告別。

走遠之後，她開始喃喃自語。

「啊～用出【多重護壁】真是失敗……可是再打下去，也會洩漏更多我的招式給她們知道……嗯，在那裡停住是正確的。」

芙蕾德麗卡覺得自己弄到了莎莉不少資訊。

認為自己占優勢。

直到最後都不曉得誰才是貓，誰才是老鼠。

莎莉望著芙蕾德麗卡遠去的背影輕聲說：

「能力比較強的人要裝弱可是很簡單的喔？沒有啦……呵呵呵。」

第一句對話時，芙蕾德麗卡對【聖劍集結】一詞的些微驚訝反應，沒有逃過莎莉的法眼。

而芙蕾德麗卡開始考慮，又交出【炎帝之國】的情報，更是幾乎可以肯定她是【聖劍集結】的人。

因為【聖劍集結】可以從中獲利。

莎莉也有撿漁翁之利的想法，所以很容易猜測芙蕾德麗卡會想些什麼。

「錯誤資訊比什麼都不知道更恐怖呢……」

莎莉得到了芙蕾德麗卡魔法的特徵，MP很高，防禦能力也高等資訊。

芙蕾德麗卡了解到【誤導攻擊】和【流水】這兩個可怕的技能，但能夠對付。

不，應該說被灌輸了錯誤訊息，以為有那種技能。

是的。芙蕾德麗卡認為自己比較強而怠慢，見到莎莉扮演死命掙扎的弱者就誤判了她的本質，一個真情報也沒帶回去。

她是很強沒錯，但莎莉更強。

「驕傲會蒙蔽雙眼啊……好可怕好可怕！」

莎莉喃喃這麼說著，回到梅普露幾個身邊。

◆□◆□◆□◆□◆

「我回來啦～」

「啊，回來啦！沒事了嗎？」

「嗯，很順利地讓她回去了。我也來釣魚吧。」

四人坐成一排，往水面垂下釣線。

只有莎莉的釣竿狂晃也是沒辦法的事。

「對了梅普露，結衣和麻衣變強以後，妳還沒看過她們戰鬥嘛？喔……又上鉤了！」

「還沒。已經準備好打對抗賽啦？」

「再把雙鎚的用法練得更熟一點，她們就完全沒問題了。」

她們倆現在的能力近似梅普露和莎莉特異性的稀釋混合版，在某些場合可以變成將眼前一切夷為平地的鬼扯淡。

「要看看她們怎麼打嗎？我們到不會有人看見的地方去。」

「「我們也想表演一下！」」

「那就去森林吧，人很少。走和地城相反的方向，人就會比較少吧。」

「嗯，應該是。」

四人騎上糖漿的背，飄呀飄地飛向人跡罕至的森林深處。

「好，到啦～！」

梅普露一行在森林中較為開闊的地方降落。

那裡足夠讓她們盡情揮舞巨鎚。兩人都取出另一把巨鎚裝備起來，好好拿穩。

「那我們離遠一點看吧。」

「好哇～」

稍候片刻，到處有怪物從樹叢中出現。

結衣和麻衣沒有使用技能，只是揮動兩隻手上的武器。

一碰就死的四把巨鎚，殘酷地逼向怪物。

怪物雖然迅速避開結衣的第一鎚，可是麻衣看穿路線而一鎚砸在身上，當場炸得滿地都是。

當麻衣出現破綻，就由結衣來填補。巨鎚衝擊範圍廣，很適合支援。莎莉指點訣竅以後，原本默契就很好的姊妹倆配合得更是天衣無縫。

在兩人搭配下，受了傷還能逼過來的怪物一個也沒有。

只要打中一下就好，也不會讓人太緊張。

真的就是人要殺我，我先殺之的體現。

「好厲害的攻擊力喔……」

「在別人看來，妳的防禦力也是那樣喔。」

「喔……這樣啊。」

聊著聊著，又有怪物被打飛了。

秀了一段時間，四人又騎上糖漿，再度飛上空中。

回到空中的當下，四個人同時收到訊息。

那是介紹活動內容的官方公告。

她們隨即過目。

「有時間加速……和之前一樣不能中途參加或離開啊。」

「總共有五天啊……稍微變短了耶。」

重要的還在後面。

接下來是活動內容。

關於公會規模，二十人以下歸為小型公會，二十一人至五十人歸為中型公會，五十一人以上歸為大型公會。

每個公會要保護自己的寶珠，還要奪取其他公會的寶珠。

若自軍寶珠留在自軍陣地內，每六小時得一分。

小型公會得兩分。

若將敵軍寶珠帶回自軍陣地並保衛三小時，得兩分，遭奪的公會扣一分。

若遭小型公會奪走寶珠並保衛成功，則扣三分。

若遭中型公會奪走寶珠並保衛成功，則扣兩分。

分數一經結算，敵軍寶珠即歸回原位。

若能在三小時內奪回寶珠，分數不會有增減。

公會會員和自軍寶珠的位置與屬性相同，可由地圖畫面查看。

成功奪得寶珠時，寶珠會進入道具欄。

公會規模愈小，地形會愈有利於防禦。

尚未加入公會的玩家，可挑選官方設立的幾個臨時公會申請參加。

關於死亡次數。

一次：基本數值減5％。

兩次：基本數值再減10％。

三次：基本數值再減15％。

四次：基本數值再減20％。

五次：強制退賽。

一旦玩家全滅，公會陣地不會再產生寶珠。

每天只能對同一公會奪取一次寶珠。

以上便是全部規則。

「原來如此……死五次就沒啦。死三次好像就很危險吧？死四次數值就扣50％了。」

考慮到【大楓樹】的人數，實在沒有犧牲打戰術的餘地。

不能像大公會那樣搞不怕死的人數暴力。

「照這樣看來，需要分配幾個人防守才行……這樣很吃緊耶……話說回來，只要多搶一點……」

「哪裡比較有問題呀？」

「首先呢，我們的攻擊人手不太夠，防守也是……再來這個是最大的問題，就是會愈打愈累。很有可能五天都有人不停攻過來，還會有夜襲。人少的缺點就是沒得休息。」

梅普露睡眠時，戰力將嚴重下滑。

只要梅普露能維持最佳狀態，就有希望奪得寶珠並保衛成功。

「這樣啊……和上次時間加速不一樣，有人打過來就要一直打。」

若被迫長時間戰鬥無法休息，判斷力將逐漸下降，對莎莉而言等於是降低迴避能力，相當嚴重。

另外，梅普露也有一個大問題。

「這幾天下來，恐怕每個人都會知道妳的【暴食】被改弱了……不能什麼都用出來，讓人家知道妳幾乎所有技能都有次數限制。」

假使梅普露整天都在進攻，肯定很快就會沒有大型技能可用。

換言之，愈接近換日時間就愈危險。

「真的……」

「重點可能在於妳的招式可以藏到什麼時候……」

梅普露擁有許多有望成為致勝關鍵的技能，而且外人都不知道。

最好是藏到最後一刻再冷不防用出來，使敵方反應不及，逃出生天。

「防守組就確定是梅普露、結衣和麻衣了吧，妳們不適合在野外跑來跑去……再加小奏也不錯。」

「那我們回公會再詳細討論吧？」

結衣和麻衣也贊成。

這是她們第一次參加時間加速活動，梅普露和莎莉一邊為她們說明概要，一面飛向【大楓樹】。

◆□◆□◆□◆□◆

新活動公告使相關論串一個接一個冒。

當然，關心活動怎麼打的不是只有梅普露幾個。強力玩家的各種情報在許多公會裡漫天飛舞。尤其是有較多第一次活動前十名玩家的公會，需要特別小心。

【聖劍集結】、【炎帝之國】和【大楓樹】的會長都受到高度警戒。
「要想辦法處理【炎帝之國】會長蜜伊的火力才行，那已經不是所謂魔法師的水準了。」
「如果她和米瑟莉在一起，MP還用不完呢。一定要拆散她們……」
「【聖劍集結】有很多高等玩家，實力根本比不上，只能盡量躲了。」
「再來是梅普露吧。該怎麼說呢……方向完全不一樣是吧？」
「是啊……總之需要抗毒能力。有人說她那種火力其實會用光，速度又慢，打不贏的話跑就行了。」
某個男玩家這麼說。沒錯，沒必要和梅普露正面交鋒。只要削減她的火力，苗頭不對就跑即可。不去捋虎鬚，就不會惹禍上身。
「……她打過來怎麼辦？」
「魔王跑來新手村幹什麼？」
「……也是。」
如此對話的他們還不曉得，他們拿來比喻的魔王麾下，往往有足以輔助魔王的強大下屬。
戰力超群的不只是她一個。

◆□◆□◆□◆□◆

不知自己成為熱門話題的【大楓樹】成員們，了解活動日程和內容後開了場會，各自為活動作準備。

所幸所有人都有空參加，工作很容易分配。

梅普露、結衣、麻衣、伊茲四人負責防守陣地。

莎莉、克羅姆、霞三人負責攻擊。

奏視情況切換攻守。

克羅姆和霞忙著打怪，收集掉落物。

這是為了增加伊茲的金幣，以及提升自己對戰鬥的敏銳度。

莎莉說要作迴避特訓就離開【公會基地】。

結衣和麻衣準備到第二階沒人的地方研究如何搭配得更好。

奏受伊茲之託，到野外蒐集最高等ＭＰ藥水的材料。

而梅普露則因為團員要她自由探索，她便決定在第三階到處逛，順便蒐集材料。

莎莉獨自來到第二階的怪物密集處。
然後就只是不斷閃躲攻擊，即使藍色靈光升滿也不停歇。
反覆以精密動作閃躲，要延長專注狀態的持續時間。
幸好現在放暑假，還是學生的莎莉每天都能玩很久。
「…………哼！」
怪物即使被不像是匕首的攻擊力取走性命也前仆後繼地湧上。
為達成自己設下的目標，莎莉無止境地走位。
「……嗯，試試看躲一整晚好了。」
莎莉就這麼延續她目前所能做到的最佳表現。

結衣和麻衣也在第二階戰鬥。
活動作戰計畫制訂出來後，兩人肩負替梅普露保留實力的重責大任，鬥志高昂。
伊茲也替她們做好了剩下的裝備。兩人各收到與頭髮同色的兩把巨鎚，身上穿的也是同髮色的黑白裝備，各有綠色和粉紅色蝴蝶結作點綴。她們一身可愛衣裳，手上卻舉著彷彿破壞力凝結成塊的兩把巨鎚，實在很詭異。
飾品有兩枚戒指和蝴蝶結。
每個都是用來提升【ＳＴＲ】，將攻擊力特化到極限。

雖然她們現在互相保護，但在梅普露的支援下，她們可以放棄防禦全力猛攻，免不了打出一片腥風血雨。

別人不知道結衣和麻衣的屬性，肯定會有人試圖用盾牌抵擋。

若盾牌不夠強勁，也可能會當場炸掉。

屆時敵人肯定冷靜不了。

然後在一團混亂時遭到攻擊而一命嗚呼。

「【雙重衝擊】！」

發自技能的連續鎚擊，更是能讓目標死了又死。

最近兩人又收了幾個新技能。

其中還包含【投擲】。

伊茲用籃球大小的鐵球塞滿了她們的道具欄。

不過她們現在不會用到。

獲准自由行動的梅普露一邊替糖漿升級，一邊用靠毒龍破壞她的武裝。

武裝全部破壞之後，就能再用一次【機械神】。

防禦力也會因此提升。

梅普露決定在活動倒數期間天天都要這麼做。

「啊！糖漿升級了！」

梅普露笑呵呵地摸糖漿的頭。

「學到新技能了耶。【城牆】？」

【城牆】會在技能發動後三十秒內，在「感情的橋樑」配戴者周圍持續製造可以破壞的牆堵。

梅普露即刻試用，以她自身為中心，周圍約兩公尺處頓時升起一整圈高牆。

這樣她無法直接攻擊牆外，而牆外亦然。

在敵人看來，就像是一顆石蛋。

將破殼而出的，不管怎麼想都極為凶惡。

「不曉得朧還會學到什麼技能……應該能繼續升級吧？」

請毒龍破壞武裝後，梅普露回城去買一直拖到現在沒買的技能卷軸。

名叫【抵禦穿透】。

是塔盾玩家對抗穿透攻擊的招式。

這個技能能夠抵銷對方的穿透攻擊。

梅普露之前玩得手忙腳亂一直沒買，但沒有遺忘它的存在。

公會本身的強化順利結束，奏的「魔導書」收藏也穩定增加。

伊茲的金幣累積到滿意的數字，甚至足夠讓【新境界】能製造的道具使用。

莎莉徹底消除疲勞，完美地做好了最後調整。

克羅姆和霞蒐集的「西瓜」使得公會所能提升的【STR】【AGI】【INT】升到極限，梅普露變得更硬，結衣和麻衣火力更強大。

所有人都在準備期間做好自己該做的事，而活動開幕日也在如此萬全狀態下到來了。

這次有八個人一起參加。

「目標高名次！」

「沒有問題！」

這是公會創立者梅普露和莎莉在這款遊戲裡第一次的團體戰。

八人一起在光芒籠罩下傳送到戰場，摩拳擦掌地準備讓眾玩家見識他們少數精銳的力量。

後記

首先要感謝繼續購買本系列作的讀者。首度接觸本作的讀者，也希望各位能夠繼續看下去。

大家好，我是夕蜜柑。

多虧有各位的支持，《怕痛的我，把防禦力點滿就對了》第三集才能順利面市。為了盡可能讓各位看到更好的作品，我一直是努力在改進……這次也受到許多人的支持，希望沒有辜負各位對我的厚愛。

第二集到第三集這段時間，發生了幾件對我來說很大的事。

一個是我的書上了電視廣告。

我還清楚記得見到廣告時那種無法言喻的奇妙感受。就像邂逅了自己開始寫小說以來從未幻想過的美夢，出現在眼前也不敢相信那樣。

但願我永遠不會忘卻這份感動。

另一個是漫畫化。聽到這消息時，我也是既驚喜又不敢相信。

我是完全不會畫圖的人，能夠見到梅普露等人的冒險在眼前實際成形，實在是高興得不得了。

說到漫畫化，這裡有一些資訊想和各位分享。

《防點滿》的漫畫版將交由おいもとじろう老師執筆。

她的可愛畫風很適合傳達梅普露她們的歡樂氣氛，希望各位也能感受到她們探索遊戲世界時的愉快。

漫畫版將於月刊《Comp Ace》連載，懇請各位踴躍嘗鮮。

《防點滿》來到了第三集，而這部分正好是我開始塞個人喜好的時候呢……

回顧起來，比初寫當時更能清楚感到這一點。於是我多加了一些描寫，希望能表達得更清楚。

為了盡可能給支持我的讀者多一點好消息，我未來也會努力做好每一件事，並銘記這份心意。

《怕痛的我，把防禦力點滿就對了》第三集，就在這裡結尾。

珍惜每一個腳步——

邁向再報喜訊的那一天。

期盼我們在能夠實現這願望的第四集再會！

夕蜜柑

目標是與美少女作家一起打造百萬暢銷書!! 1 待續

Kadokawa Fantastic Novels

作者：春日部タケル　插畫：Mika Pikazo

《我的腦內戀礙選項》春日部タケル新作
挑戰百萬銷量的編輯與作家的熱血愛情喜劇！

原本立志成為文藝書編輯的黑川，陰錯陽差被分派到輕小說部門。在這裡有成天被作者的下流電話惹哭的前輩、狂打電動的副總編，及行蹤成謎的總編輯……更糟的是，他所負責的作家正陷入創作低潮中。能寄望的只有另一位天才女高中生作家──

NT$200/HK$65

賢者大叔的異世界生活日記 1~4 待續

Kadokawa Fantastic Novels

作者：寿 安清　插畫：ジョンディー

大叔騎著自製的機車在異世界兜風!?
悠閒自得的四十歲中年生活真是太爽啦！

德魯薩西斯公爵委託賢者大叔以傭兵身分參加由伊斯特魯魔法學院主辦，將在「拉瑪夫森林」舉行的實戰訓練，保護茨維特。傑羅斯立刻開始準備護身用的魔導具，甚至製作起了機車……!?把伊莉絲等人也捲入其中的大規模護衛作戰將有什麼發展!?

各 NT$240/HK$75~80

新妹魔王的契約者 1~12 待續

Kadokawa Fantastic Novels

作者：上栖綴人　插畫：大熊猫介

獻上刃更與長谷川老師結下誓約的香豔過程！
外加春色無邊的校園生活日常！

本集收錄刃更與斯波恭一最後決戰前，是如何與長谷川結合達成主從誓約，以及戰後他們終於獲得的寶貴日常。在所有人共同編織充實的校園生活中，賽莉絲．雷多哈特也為監視東城家而與他們同居。目睹他們的荒淫關係後，她的矜持開始動搖……

各 NT$200~280/HK$55~90

打工吧！魔王大人 1~18 待續

Kadokawa Fantastic Novels

作者：和ヶ原聡司　插畫：029

麥丹勞來了新店長，老員工卻紛紛離職!?
惡魔基納納把房間弄壞被房東發現了!!

麥丹勞幡之谷站前店來了新店長。然而不僅僅是老員工們紛紛離職，就連千穗也為了專心準備大學考試而辭掉打工，人手不足的問題隨即浮上檯面！此外魔王飼養蜥蜴型惡魔基納納，把房間搞得破破爛爛的事被房東發現，結果收到高額的修繕請款單！

各 **NT$200~240／HK$55~75**

國家圖書館出版品預行編目資料

怕痛的我,把防禦力點滿就對了 / 夕蜜柑作 ; 吳松諺譯. -- 初版. -- 臺北市 : 臺灣角川, 2019.07-
冊 ;　公分
譯自 : 痛いのは嫌なので防御力に極振りしたいと思います。
ISBN 978-957-743-091-5(第3冊 : 平裝)

861.57　　108007940

Kadokawa
Fantastic
Novels

怕痛的我，把防禦力點滿就對了 3

（原著名：痛いのは嫌なので防御力に極振りしたいと思います。3）

2019年7月17日 初版第1刷發行
2023年6月7日 初版第6刷發行

作　者：夕蜜柑
插　畫：狐印
譯　者：吳松諺

發行人：岩崎剛人
總編輯：蔡佩芬
編　輯：黎夢萍
美術設計：黃永漢
印　務：李明修（主任）、張加恩（主任）、張凱棋

發行所：台灣角川股份有限公司
地　址：104台北市中山區松江路223號3樓
電　話：（02）2515-3000
傳　真：（02）2515-0033
網　址：www.kadokawa.com.tw
劃撥帳戶：台灣角川股份有限公司
劃撥帳號：19487412
法律顧問：有澤法律事務所
製　版：巨茂科技印刷有限公司
ISBN：978-957-743-091-5